MW00764201

Anne Wiazemsky

Je m'appelle Élisabeth

Gallimard

Anne Wiazemsky a publié des nouvelles, *Des filles bien élevées* (Grand Prix de la nouvelle de la Société des Gens de Lettres, 1988), et des romans, *Mon beau navire* (1989), *Marimé* (1991) et *Canines* (prix Goncourt des lycéens, 1993). Elle a reçu le Grand Prix de l'Académie française en 1998 pour *Une poignée de gens*. En 2001, paraît *Aux quatre coins du monde* et en 2002, *Sept garçons*.

Pour Teresa Cremisi

14 janvier 2002

Madame,

J'ai beaucoup hésité avant de me décider à vous écrire parce que, sans doute, vous avez tout oublié de la personne dont je vais vous parler. Il s'agit de mon frère aîné qui a été interné durant trente ans dans l'hôpital psychiatrique qu'a dirigé votre père pendant des années.

Mon frère est sorti définitivement de l'hôpital au milieu des années quatre-vingt (votre père était alors parti à la retraite). Auparavant, il y avait eu quelques tentatives de réinsertion qui ont échoué, mais celle dont je vous parle fut la bonne. Il est venu vivre auprès de moi et de mon mari dans notre ferme, près de Saint-Genest-Malifaux, à une vingtaine de kilomètres de Saint-Étienne. Il nous a aidés comme il le pouvait dans l'exploitation de la ferme et plus encore quand je me suis retrouvée seule, à la mort de mon mari, en 1997.

Mon frère était inapte à une vie sociale normale, très refermé sur lui-même, mais c'était un homme bon, doux, presque toujours silencieux. Et j'en viens au pourquoi de cette lettre.

Mon frère qui parlait très peu, a évoqué à plusieurs reprises « Élisabeth, la fille du docteur » qu'il aurait rencontrée au début des années soixante. J'ignore tout de cette rencontre sauf qu'Élisabeth était alors une enfant. Elle lui avait offert un ruban écossais qu'il a gardé toute sa vie et qui a été son bien le plus précieux.

La petite Élisabeth, c'était vous, Madame, et je crois de mon devoir de vous informer que mon frère, jusqu'au bout, a chéri votre souvenir et que vous avez été, avec moi, sa sœur, le seul être au monde qu'il a aimé. De cela j'en suis sûre, même si je ne connais pas les circonstances de votre rencontre et même s'il s'exprimait rarement et avec difficulté. Quand il a compris qu'il allait mourir

— il était atteint d'un cancer au poumon — il a su clairement me dire qu'il souhaitait être enterré avec le ruban que lui avait offert « Élisabeth, la fille du docteur ». J'ai bien sûr respecté ce souhait et depuis le 6 décembre 2001, il repose dans le cimetière de Saint-Genest-Malifaux. Il avait soixante-quatorze ans.

J'ignore si ce que je viens de vous écrire vous évoquera quelque chose, mais peut-être cela réveillera-t-il chez vous d'anciens souvenirs. Ayez alors une pensée amicale pour mon frère qui ne vous a jamais oubliée.

En espérant ne pas vous avoir importunée, je vous prie de croire, Madame, à mes sentiments respectueux.

Bernadette Marles

DIMANCHE

Leur père était parti rejoindre son bureau, dans l'hôpital psychiatrique départemental qu'il dirigeait depuis treize ans. Il avait eu, auparavant, un court et ultime entretien avec sa fille Agnès — il en avait cinq, celle-ci était la quatrième — afin de l'inciter à mieux travailler en classe. Agnès était pensionnaire dans un collège religieux mais revenait, chaque fin de semaine, chez ses parents où elle retrouvait Betty, sa sœur cadette. Agnès supportait mal la stricte discipline du collège, l'uniforme bleu marine, la vie en communauté si loin de cette autre vie dans laquelle elle avait grandi : celle de l'hôpital psychiatrique. Sa rentrée scolaire — on était en automne 1962 — s'était une fois de plus mal passée et elle avait espéré convaincre ses parents de la changer d'établissement. En vain. Agnès suivrait le même chemin que ses trois aînées : le collège religieux, puis la Sorbonne, à Paris, logée chez une tante, et après, on verrait. L'échec de sa tentative la désolait autant qu'elle désolait Betty. Depuis leur petite enfance les deux sœurs étaient si liées, si proches, qu'on les surnommait « les inséparables ». Agnès avait quinze ans et Betty douze.

— Tu aurais peut-être dû essayer de convaincre d'abord maman, dit Betty plus pour dire quelque chose que pour exprimer une opinion.

— Maman fera toujours ce que papa lui dira de faire.

Accoudées à la fenêtre ouverte de la salle à manger, épaule contre épaule, elles regardaient leur père longer le mur de son pas tranquille et assuré puis tourner à droite et pénétrer à l'intérieur de l'enceinte de l'hôpital. Il était en costume de ville. Ce n'est qu'une fois arrivé à son bureau qu'il enfilerait la blouse blanche. La fin de ce dimanche après-midi approchait, il avait demandé qu'on ne l'attende pas pour le dîner : un malade avait eu un comportement imprévu qui nécessitait sa présence et comme les autres médecins étaient encore en congé, il lui revenait de s'en occuper. Pour Agnès et Betty cela faisait partie de la routine et elles n'y attachaient aucune importance. Ce qui comptait, à ce moment-là, c'était le départ imminent d'Agnès, leur séparation. D'ici peu, leur mère mettrait la dernière pièce au puzzle sur lequel elle était penchée tout en écoutant un concerto de Mendelssohn, et raccompagnerait Agnès à son collège. Du salon où elle se trouvait, de temps en temps, elle apostrophait ses filles : « Agnès, tu es sûre que ton petit bagage est prêt ? », « Betty, tu n'oublieras pas de mettre le couvert. Le dimanche, Rose n'est pas là. »

La hauteur du mur qui entourait l'enceinte de l'hôpital et contre lequel on avait construit la villa où Agnès, Betty et leur famille habitaient depuis le début de l'année, continuait de surprendre Agnès.

— Quand nous étions de l'autre côté, je ne me rendais pas compte, dit-elle.

— À l'intérieur, c'est simple, on ne le voyait pas, ce mur. J'aimais mieux avant. D'ailleurs, j'y retourne tous les jours. Un coup de bicyclette et j'y suis...

Betty désigna à sa sœur le fond du jardin

où l'on devinait un clapier à moitié dissimulé par un grand buis et un massif de fleurs.

— Ce qui me console d'avoir déménagé, c'est les lapins. Il y en a trois que j'ai apprivoisés et qui m'adorent. Quand je les appelle, ils viennent et je peux les prendre dans mes bras, les caresser, les embrasser. Maman m'a juré qu'on ne les mangerait jamais.

— Tu parles d'une compagnie !

Betty s'était exprimée avec enthousiasme, et la moue dégoûtée de sa sœur la blessa. Elle tenta de regagner son intérêt.

— Pour Noël, j'ai demandé aux parents qu'ils m'offrent un chien. Tu sais, un de ces chiens abandonnés qu'on peut adopter au chenil... Ce serait bien, non ?

— Moi, les chiens...

Agnès regardait droit devant elle, indifférente, ailleurs. « Avant, elle aurait aimé mes lapins... avoir un chien... », pensa Betty tout à coup consciente des trois ans qui les séparaient. Dans le salon, leur mère avait arrêté l'électrophone et appelait :

— On s'en va dans cinq minutes. Agnès, mets ton manteau et ton béret.

Agnès se rendit dans le vestibule et enfila

son manteau bleu marine. En ajustant son béret devant le miroir, elle contempla son image et celle de sa sœur qui venait de la rejoindre. Même visage ovale ; même grand front dégagé ; mêmes yeux marron pailletés de vert suivant les moments, la lumière ; mêmes cheveux bruns et épais. Agnès venait de faire couper les siens alors que Betty les avait longs et ramenés en queue-de-cheval. Les deux sœurs, longtemps, s'étaient ressemblé. Mais Agnès, maintenant, avait quelques centimètres de plus, de la poitrine et des rondeurs de jeune fille tandis que Betty, un peu maigre, avait encore une silhouette d'enfant.

— Quelle barbe, de retourner au collège, s'emportait Agnès. Tu verras l'année prochaine, quand ce sera ton tour… Déjà que tu aurais dû y entrer cette année…

Et en se détournant de leur reflet commun dans le miroir comme pour ne plus y voir sa sœur :

— De nous cinq, tu es la préférée de papa. Je suis sûre que c'est lui qui a voulu te garder un an de plus ici.

« C'est vrai », pensa Betty tandis qu'un sentiment de joie et de fierté l'envahissait. Sentiment qu'elle éprouvait à chaque fois qu'un petit quelque chose, le plus infime des détails, la conduisait à cette délicieuse et troublante constatation. Mais cela devait demeurer son secret et elle préféra ne pas répondre.

— On y va.

Leur mère les avait rejointes dans le vestibule, sanglée dans un imperméable Burberry, son sac glissé sous le bras. Parce que c'était dimanche, elle s'autorisait à porter un pantalon. Les autres jours de la semaine, elle était en jupe et pull-over.

Oubliant sur-le-champ ce qui avait pu, un instant, les éloigner, Betty se jeta dans les bras de sa sœur. Elles s'étreignirent. Mais très vite, Agnès se dégagea et effleura du plat de la main la joue de sa cadette, maintenant mouillée de larmes. Un geste de grande, suivi de paroles de grande.

— C'est moi qui devrais pleurer, c'est moi qui m'en vais. Toi, tu as la chance d'être ici… Allez, à la semaine prochaine.

— À la semaine prochaine, s'entendit répondre Betty d'une voix blanche.

Elle était pétrifiée par l'attitude de sa sœur, qu'elle prenait pour de l'indifférence. Elle demeura un instant sur le pas de la porte à les regarder s'éloigner en direction de la voiture. Sa mère et sa sœur bavardaient comme si elle, Betty, n'existait pas. Aucune ne se retourna pour un dernier geste amical. « Bah, je m'en fiche », décida alors Betty et ses larmes séchèrent presque instantanément.

La veille il avait plu et Betty avait rangé sa bicyclette à l'abri, dans la cabane au bout du jardin. Afin d'oublier sa tristesse, elle avait décidé d'aller faire un tour dans l'enceinte de l'hôpital. En se dépêchant, elle avait encore la possibilité de croiser les malades avant que ceux-ci ne rejoignent le pavillon où on les enfermait pour la nuit.

Les malades. Partout ailleurs, dans son école, on disait « les fous ». Mais leur père, très tôt, avait expliqué à ses cinq filles que les hommes et les femmes qu'il soignait étaient des malades comme les autres. À cela près qu'il s'agissait de « malades de longue durée » : la plupart ne retourneraient pas dans leur famille et passeraient leur vie dans l'établissement. Betty était née là, elle avait grandi parmi eux. Elle se plaisait en leur compagnie, elle aimait leur mutisme, parfois entre-coupé de discours étranges dont elle croyait percevoir le sens. Il lui arrivait, à elle aussi, de penser à eux et de dire « les fous ». Mais c'était gentiment, avec sa tendresse d'enfant, sans porter le moindre jugement, et sans crainte.

Jamais aucun ne lui avait fait peur, même si elle savait que certains, parfois, pouvaient devenir agressifs. Cela avait été le cas de l'un d'eux, juste au début de l'été. Tout d'un coup, sans aucun signe précurseur, il s'était mis à casser le mobilier de la salle commune où se trouvait la télévision. Puis il s'était battu avec un médecin, avant que plusieurs infirmiers n'en viennent à bout. Betty avait écouté le récit qu'en avait fait son père, le soir, au dîner. Comme lors de précédents incidents, il avait conclu : « Pas de camisole de force… une modification des médicaments, de leur dosage… » Betty avait demandé des explications. Il lui avait parlé des troubles psychiques dont souffrait cet homme ; de ses efforts pour les soulager. Il lui avait répété ce que lui-même avec ironie appelait son credo : « Pas de camisole… pas d'élec-trochocs chez moi… juste des médicaments dont j'ai depuis longtemps éprouvé l'efficacité. » Puis il avait ajouté avec tendresse : « Le numéro cinq veut devenir psychiatre comme son père ? » Betty aimait ce surnom qu'il était le seul à utiliser et n'avait pas répondu à sa question : elle n'avait pas la moindre idée de ce qu'elle ferait plus tard.

Un bric-à-brac hétéroclite encombrait la cabane au bout du jardin, où seule Betty avait l'habitude de se rendre. Elle en extirpa sa bicyclette et franchit le portail qui séparait le jardin de l'enceinte de l'hôpital.

Elle roulait un peu au hasard, saluant parfois les malades encore dehors, que des infirmiers encourageaient à rejoindre leur pavillon. Certains la regardaient passer sans rien dire, sans manifester la moindre émotion. D'autres lui répondaient plus ou moins timidement : « Bonsoir, la fille du docteur. »

« La fille du docteur » : c'est ainsi que tous l'appelaient. Betty, depuis longtemps, s'y était habituée. Ses camarades de classe disaient en parlant d'elle : « La fille du docteur des fous. » Seuls ses professeurs et les médecins utilisaient son prénom : Betty.

Elle freina pour laisser passer une vieille dame souriante, toujours vêtue de blanc, le visage poudré et qui s'avançait en s'appuyant sur une canne. Derrière elle suivaient une dizaine de chats de toutes sortes : des tigrés, des gris, des tricolores, des noir et blanc et des blancs. « Minou, Minette, Minou, Minette », ne cessait-elle de répéter. Betty ne la salua pas, ne tenta pas d'entrer en contact. Elle savait que c'était inutile. Personne ne parvenait à communiquer avec la vieille dame, hormis parfois son père. Quand cela survenait, il en était si content qu'il racontait les quelques mots échangés avec sa malade. « Minou, Minette... », répétait la vieille dame sur un ton monocorde. C'étaient les seuls mots que Betty lui connaissait.

L'hôpital psychiatrique que dirigeait son père était construit dans un immense parc de plusieurs hectares, entouré d'un mur très haut, mais que de grands arbres dissimulaient presque totalement. Pour Betty, c'était comme rouler dans les ruelles d'un village miniature. Les maisons des médecins et les pavillons des malades étaient regroupés autour de ce qu'on appelait « les parties communes » : une chapelle, une cuisine centrale avec sa salle à manger et ses dépendances, un bâtiment où les malades et les infirmiers se regroupaient pour jouer aux cartes et regarder la télévision.

Deux fois par mois, un technicien arrivait de la ville avec son appareil et projetait un film. Le son était mauvais, les images parfois sautaient, mais ces séances étaient très attendues. Presque tous les habitants de l'hôpital psychiatrique étaient présents, et Betty, depuis sa plus petite enfance, s'y rendait avec ses parents et ses sœurs quand celles-ci étaient encore là. Depuis peu, Agnès s'en désintéressait. « Rien que des films de gosses…, avait-elle décrété au cours de l'été. Pas de vraies scènes d'amour… pas de violence. » Betty n'avait pas su quoi lui objecter. Le film qui les divisait s'appelait *Les clameurs se sont tues*. Betty avait pleuré et les malades autour d'elle, aussi. « Une histoire de petit garçon et de taureaux… Pourquoi pas une énième version de *Crin-Blanc* ou de *Mon oncle* ? C'est pas ça, le cinéma », avait conclu Agnès.

La lumière du jour déclinait, des lampes ici et là s'allumaient derrière les persiennes des pavillons : les malades qui dînaient tôt procédaient à leur toilette. Après on leur administrerait leurs médicaments et ils dormiraient d'un sommeil paisible, comme l'assurait le père de Betty.

Elle termina sa promenade par le potager où travaillaient durant la journée les malades jardiniers. C'étaient ses préférés. Ils étaient doux et parlaient des légumes, des fruits et des fleurs dont on leur avait confié la responsabilité, avec un sérieux impressionnant. Betty aimait leur rendre visite et bavarder avec eux. Elle était « la fille du docteur », et elle avait le sentiment qu'ils l'appréciaient. Avant, Agnès l'accompagnait. Mais depuis deux ans elle avait peu à peu cessé de s'intéresser aux malades. Dès leur déménagement, de l'autre côté du mur, elle semblait même avoir oublié leur existence.

La maison où était née Betty était maintenant habitée par un couple de médecins et leurs trois enfants. En passant devant les fenêtres, Betty entrevit la silhouette de la femme qui allait et venait dans la cuisine et celles des enfants, autour de la table. Elle regrettait cette maison située au centre de l'enceinte de l'hôpital. Mais ses trois sœurs aînées parties et la quatrième en pension, ses parents l'avaient jugée trop grande et ils avaient choisi pour la remplacer une villa nouvellement construite, plus petite et plus luxueuse. De l'autre côté du mur.

Betty avait rangé sa bicyclette dans la cabane et tiré la porte sans prendre la peine de la fermer à clef. Elle se dirigeait en sifflotant vers la villa.

Il faisait presque nuit, les contours des arbres, des buissons et des parterres de fleurs perdaient de leur netteté. Elle s'arrêta pour contempler le ciel. Son père lui avait appris que les Russes avaient lancé un engin dans l'espace : *Cosmos X*, et les Américains, le lendemain, un autre : *Ranger V*. Depuis, Betty espérait les apercevoir parmi les étoiles.

Tout à coup elle crut entendre craquer des branches, crisser le gravier. Elle se retourna et resta quelques secondes à scruter l'obscurité, sans rien voir. Mais quand elle franchit le seuil de la villa, un rire vite réprimé fusa du côté du grand buis. Elle claqua la porte, un peu effrayée. Quelqu'un se trouvait-il caché dans le jardin ? Devait-elle tirer le verrou jusqu'au retour de sa mère ? Non, c'était ridicule, il n'y avait aucune raison d'avoir peur. Elle alluma toutes les lumières du vestibule, du salon, de la salle à manger et de la cuisine. Et brancha la radio : d'ici peu commencerait une des émissions favorites de sa mère : *Le Masque et la Plume.* Puis elle entreprit de mettre le couvert comme elle le faisait tous les dimanches soir.

Elle ne pensait à rien de particulier en regagnant la chambre qu'elle partageait avec sa sœur Agnès. Élève moyenne, elle avait terminé ses devoirs et savait presque par cœur le long poème d'Alfred de Vigny qu'on leur faisait étudier en classe : *La Mort du loup.*

Sa sœur Agnès. Repenser à elle lui fit regretter sa présence, oublier tous ces petits riens qui, maintenant, les différenciaient et qui, chaque fois, lui causaient du chagrin. Elle contemplait son lit, en face du sien, et les nombreuses photos de Marilyn Monroe punaisées tout autour. Agnès la vénérait depuis l'annonce de son suicide durant l'été, le cinq août. Elle avait vécu cette mort comme une tragédie personnelle, avait lu et découpé dans les journaux tous les articles qui lui avaient été consacrés. Son obstination dans la douleur, son besoin d'en parler à longueur de journée avaient fini par inquiéter leurs parents. Ils avaient tenté de la raisonner. Agnès, alors, s'était murée dans un silence hautain.

« Ça lui passera », avaient-ils promis à Betty, très déroutée par le comportement de sa sœur. De fait, Agnès, depuis la rentrée des classes, avait d'autres soucis et paraissait moins obsédée par la mort de la star américaine. Mais les photos demeuraient, punaisées sur le mur. En les contemplant, Betty éprouvait un vague malaise et quelque chose de plus qui s'apparentait à de la crainte. Aussi, la plupart du temps, s'efforçait-elle de les ignorer, de faire comme s'il n'y avait rien autour du lit de sa sœur.

Autour du sien, c'était plus rassurant : des photos de chevaux voisinaient avec deux photos d'Audrey Hepburn. Betty, avec sa sœur aînée, avait vu *Guerre et Paix* et *Vacances romaines* et depuis, Audrey Hepburn était son actrice préférée, la jeune fille qu'elle rêvait de devenir plus tard.

Betty sursauta. Cette fois, elle était sûre d'avoir entendu crisser le gravier. Quelqu'un se déplaçait le long du mur de la villa, se rapprochait de sa chambre. Elle retint son souffle. Pendant quelques secondes qui lui parurent très longues, il n'y eut plus rien. Puis retentirent, effrayants, les bruits d'une course et des rires, qui, très vite, s'effacèrent dans la nuit. Betty demeura, encore un instant, immobile sur son lit. Du salon, la radio toujours allumée diffusait les accords de harpe qui annonçaient le début de l'émission *Le Masque et la Plume*. Betty, alors, se leva et se dirigea vers la fenêtre avec le sentiment précis qu'une chose horrible l'y attendait. Elle ne se trompait pas. Posée sur le rebord, la tête décapitée d'un écureuil la regardait.

Au même moment, on ouvrit une porte, et une voix familière appela :

— Betty ?

Sa mère était de retour.

Durant le dîner, Betty toucha à peine à ce qui se trouvait dans son assiette. Sa mère qui suivait les débats du *Masque et la Plume*, s'en inquiéta et lui demanda si elle ne se sentait pas bien. Betty répondit n'importe quoi, au hasard, c'est à peine si elle entendait sa mère, la radio. Dans son assiette, sur la nappe, elle continuait de voir la tête décapitée de l'écureuil. Ainsi ses persécuteurs étaient de retour et le cauchemar reprenait.

Cela avait commencé au printemps, deux mois après l'installation de Betty et de ses parents dans la villa. À intervalles espacés, puis de plus en plus régulièrement, Betty trouvait des oiseaux, des souris, des mulots sur le rebord de la fenêtre de sa chambre, dans le porte-bagages de sa bicyclette. Les animaux étaient toujours morts et la plupart du temps, ensanglantés. Qui les déposait ? Pourquoi ? Betty n'en avait pas la moindre idée. Mais elle avait compris que quelqu'un s'acharnait à lui faire peur avec une effrayante cruauté, une effrayante imagination. Un jour, à l'école, elle trouva une boîte à l'intérieur de son pupitre. Une main avait écrit sur le couvercle : « Pour la fille du docteur des fous. » Elle avait fixé la boîte sans oser l'ouvrir tant elle appréhendait ce qu'elle allait y découvrir. Son attitude étrange avait attiré l'attention de ses voisines et du professeur de sciences. Tous la pressèrent d'ouvrir la boîte et comme elle refusait, ce fut son professeur qui s'en chargea. Il y eut alors ici et là des cris d'horreur : la boîte contenait le cadavre écrasé d'un hérisson. Le professeur s'était indigné et avait pris Betty à part pour l'interroger. Connaissait-elle le ou les auteurs de cette macabre plaisanterie ? Pour des raisons qu'elle ne parvenait pas à s'expliquer, Betty n'avait pas osé évoquer les autres cadavres d'animaux. Pourtant elle appréciait ce professeur mais, comme à ses parents et à ses sœurs, elle n'avait rien pu lui dire. Le professeur avait mené une petite enquête sans découvrir le moindre indice. Mais il avait acquis la certitude que le coupable était un élève de l'école et plus vraisemblablement un garçon. L'école où Betty entamait sa dernière année allait jusqu'à la cinquième et se divisait en deux bâtiments : l'un abritait les filles, l'autre les garçons. Seules la cour de récréation et la cantine étaient mixtes.

— Tu veux bien m'aider à débarrasser ?

Betty suivit sa mère à la cuisine et essuya la vaisselle. Rejoindre sa chambre, s'approcher de la fenêtre, lui causait une telle angoisse qu'elle se sentait, une fois encore, incapable de parler, de confier ses tourments.

Avant l'été, au mois de juin, elle avait cru découvrir l'identité de ses tortionnaires. C'étaient deux frères d'à peu près son âge, qui habitaient une maison proche de la sienne, de l'autre côté de la route départementale, et qui, eux aussi, fréquentaient

l'école. Elle connaissait même leurs prénoms :
Raoul et Bruno. À deux reprises, alors qu'ils
partaient tous les trois à l'école à bicyclette,
ils l'avaient doublée brutalement de façon
qu'elle tombe par terre. Elle ne s'était pas
fait mal mais s'était dit : « C'est eux. » Dès
les grandes vacances, ils suivirent leurs parents
dans le Midi et les persécutions cessèrent.
Betty, peu à peu, y pensa moins puis plus du
tout. La rentrée des classes et le retour des
deux frères ravivèrent ses craintes. Mais rien
ne se produisit et Betty crut qu'ils avaient
trouvé d'autres jeux, qu'elle était désormais
à l'abri de leur cruauté. Jusqu'à ce soir.

La vaisselle était terminée, essuyée et rangée et la mère de Betty s'apprêtait à quitter
la cuisine. Le silence de sa fille ne l'inquiétait pas. À l'inverse d'Agnès et des aînées,
Betty souvent se taisait. « C'est une rêveuse »,
avait-elle coutume de dire. « Comme toi.
Elle te ressemble », répondait son mari.

— Je peux attendre papa ?

Après le dîner, le père et la fille avaient
l'habitude de disputer des parties de mikado.
Une pratique ancienne, à laquelle ils tenaient
l'un et l'autre beaucoup.

— Non, pas ce soir.

Betty suivit sa mère dans le salon. Bientôt elle allait devoir gagner sa chambre, se rapprocher de ce que, dans sa terreur, elle n'osait pas nommer autrement que « la chose ». La panique soudain la submergea et pour la première fois, elle osa appeler sa mère à son secours.

— Maman ?

Betty s'accrochait désespérément au bras de sa mère. Elle n'avait plus douze ans mais cinq ou six.

— Sur le rebord de ma fenêtre… il y a…

Sa mère la regarda avec surprise et prit conscience du comportement anormal de sa fille.

— Il y a quoi ?

— Va voir.

C'était tout ce que Betty parvenait à dire. Ses lèvres se crispèrent et son visage se brouilla comme si elle allait se mettre à pleurer. Sa mère préféra ne pas discuter. Elle se rendit dans la chambre, alla droit à la fenêtre et contempla quelques secondes le rebord. Puis elle ferma les volets. Betty retenait son souffle.

— Mais, Betty, dit enfin sa mère, il n'y a rien, absolument rien.

Betty, les yeux grands ouverts dans le noir, ne réussissait pas à trouver le sommeil. La disparition de « la chose » ne la rassurait pas. Elle avait peur, horriblement peur. « La chose » allait réapparaître ailleurs, elle en était persuadée. Alors elle se rappela un livre qui l'avait tant effrayée qu'elle n'avait pas pu dépasser les deux premiers chapitres : *Fantômas*. Mais, tout à coup, cela lui parut moins effrayant que les agissements des deux frères : c'est à ça qu'elle devait penser. À mi-voix et en se concentrant bien, elle se récita le début qu'elle connaissait par cœur :

— *Fantômas !*

— *Vous dites ?*

— *Je dis Fantômas…*

— *Cela signifie quoi ?*

— *Rien et tout.*

— *Pourtant, qu'est-ce que c'est ?*

— *Personne, mais cependant quelqu'un.*

— *Enfin, que fait-il ce quelqu'un ?*

— *IL FAIT PEUR.*

LUNDI

Le lendemain matin, comme d'habitude, Betty prenait son petit déjeuner en compagnie de ses parents. Tous trois se dépêchaient. Betty parce qu'elle allait à bicyclette à son école située dans un village voisin, à trois kilomètres ; son père parce qu'il avait une réunion avec d'autres médecins ; sa mère parce qu'elle avait des visites à faire.

Une femme lente et silencieuse les servait : Rose. C'était une malade de son père qui travaillait le jour à la villa et qui rejoignait le soir son pavillon, dans l'enceinte de l'hôpital. Comme beaucoup de malades, elle semblait sans âge. Adolescente, elle avait connu la guerre et la déportation. En Pologne, à la libération des camps, on l'avait trouvée sans papiers d'identité et sans mémoire. Différentes organisations l'avaient prise en charge, avaient tenté de retrouver sa famille. En vain. La jeune fille était enfermée dans une souffrance muette et n'avait plus envie de vivre. Elle avait échoué dans l'hôpital psychiatrique où le père de Betty était alors médecin. Les années avaient passé. Devenu médecin-directeur, il l'avait prise à son service, peu de temps après la naissance de Betty, car sa femme se remettait mal de son cinquième accouchement. Ensuite, Rose était restée. Betty l'avait donc toujours connue et lui était très attachée. Encore aujourd'hui, personne ne savait qui était Rose, d'où elle venait. On avait même oublié qui lui avait attribué son prénom.

Ce matin-là, Rose ne pouvait détacher son regard de Betty et ses gestes étaient particulièrement maladroits. Cela n'attirait aucun commentaire de la part des parents de Betty : ils étaient habitués à ses fréquents changements d'humeur, à son anxiété et à ses débuts de panique lorsqu'elle ne parvenait plus à coordonner ses gestes. Cela durait un temps plus ou moins long et Rose, ensuite, retrouvait sa lenteur et son silence.

Betty devinait que, par de mystérieux chemins, Rose ressentait l'angoisse dans laquelle elle se trouvait depuis la veille, depuis l'apparition de la tête décapitée de l'écureuil. Le fait que la tête ait disparu lui faisait penser que les deux frères avaient découvert une nouvelle façon de la torturer. Cette tête, elle craignait maintenant de la retrouver ailleurs : sur sa bicyclette, dans son pupitre ou dans un endroit qu'elle ne pouvait pas imaginer et qui lui causerait une frayeur encore plus grande.

— Le numéro cinq rêve ?

Son père se tenait derrière elle et la tirait gentiment par sa queue-de-cheval. Puis, comme il avait coutume de le faire avant de s'en aller, il lui embrassa la nuque. Betty en frissonna de plaisir et se leva pour l'accompagner. Sur le pas de la porte, il sortit sa première cigarette, celle qu'il fumerait sur le chemin de l'hôpital, et se retourna une dernière fois pour voir sa fille. Ils se sourirent, complices et heureux de l'être : tous deux savaient à quel point ils s'aimaient. « Je devrais lui dire... Il irait leur parler et ce serait fini », pensa Betty. Mais elle commençait à craindre, de façon confuse, que dénoncer les agissements des deux frères ne lui attire encore plus de malheurs. Rose lui tendait son duffle-coat. Betty l'enfila et, parce qu'elle la sentait toujours inquiète, l'embrassa et lui souffla à l'oreille : « Tout va bien, tout va très bien. »

Mais c'est avec appréhension qu'elle poussa la porte de la cabane pour prendre sa bicyclette. Il n'y avait rien d'autre, heureusement, que le bric-à-brac habituel.

Les arbres du jardin avaient perdu la plupart de leurs feuilles et celles-ci encombraient l'allée et la pelouse. L'air était plus frais et le ciel, ce jour-là, avait des couleurs d'hiver. Betty détestait cette saison ; les départs pour l'école le matin alors qu'il faisait froid et encore nuit ; les retours, à nouveau dans la nuit. Les jours de très grand froid, la mère de Betty la conduisait en voiture et revenait la chercher.

La petite route départementale qu'il fallait suivre pour se rendre à l'école lui parut dégagée : aucun des deux frères ne l'y attendait. Mais un groupe d'enfants, eux aussi à bicyclette, quittait l'enceinte de l'hôpital. Betty les connaissait de vue. Leurs parents étaient médecins ou infirmiers et, comme tous les enfants de la région, ils fréquentaient la même école. Elle se joignit à eux, définitivement rassurée : ainsi entourée, elle ne risquait plus rien.

Tout en pédalant, Betty tenta d'entamer un semblant de conversation. Mais peu lui répondirent. Ils avaient deux ans de moins qu'elle et surtout, elle était à leurs yeux plus que « la fille du docteur » : « la fille du patron ». Cette absence de contact ne la gênait pas. Ce qui commençait à lui manquer, c'était une véritable amie, une amie intime. Longtemps, les liens très forts qui l'unissaient à sa sœur Agnès lui avaient suffi. Ses camarades de classe étaient des copines avec qui elle s'entendait bien, sans plus. La plupart, telle Betty, avaient commencé leur scolarité dans cette école de village. Elles l'appréciaient pour sa discrétion et ses notes qui faisaient d'elle une élève moyenne et non pas la première de la classe comme l'avaient été, leur avait-on dit, les deux sœurs aînées de Betty.

Filles et garçons se retrouvèrent devant l'école, traversèrent ensemble la cour de récréation et regagnèrent chacun leur bâtiment.

Betty retrouva sa place au fond de la classe, contre la fenêtre. Ainsi que ses camarades, elle attendait debout devant son pupitre l'entrée de leur professeur d'histoire et de géographie. Il tardait, les bavardages allaient bon train. Mais Betty, tout en faisant semblant de s'y mêler, pensait à ce qu'elle appelait à nouveau « la chose ». « La chose » se trouvait-elle dissimulée dans son pupitre ? Cela impliquait que les deux frères aient trouvé le moyen de s'introduire dans un lieu fermé à clef. C'était, à première vue, impossible. Mais Betty les croyait capables de tout. Elle imaginait que rien ni personne n'était en mesure de les empêcher d'agir. Alors, une porte de classe verrouillée, une école fermée… Betty n'était pas loin de leur prêter les mêmes pouvoirs maléfiques que ceux de Fantômas.

Le professeur avait déjà près de dix minutes de retard. C'était incompréhensible. Mi-inquiètes, mi-amusées, les petites filles quittaient leur place pour retrouver leurs amies. L'une d'entre elles alla se poster sur le pas de la porte pour faire le guet.

Betty venait de prendre une importante décision. Elle allait, bien sûr, soulever le couvercle de son pupitre et vérifier ce qu'il y avait à l'intérieur. Mais le plus important ce n'était pas ça ; c'était sa décision de ne pas céder à la panique, de ne rien manifester de sa terreur. Puisque les deux frères avaient tous les pouvoirs y compris celui de la châtier plus cruellement encore si elle les dénonçait, elle allait feindre l'indifférence. Si elle parvenait à leur faire croire qu'elle n'avait plus peur d'eux, ils se lasseraient et se chercheraient une nouvelle victime. Ce rôle difficile à tenir était la seule solution pour se débarrasser d'eux. Après, enfin, elle serait libre. Elle souleva le couvercle de son pupitre.

À l'intérieur, elle ne vit que des livres, des cahiers et le petit chien en peluche dont elle ne parvenait pas à se séparer et qu'elle caressait en cachette quand les cours, parfois, l'ennuyaient trop.

— Gaffe, le dirlo !

Les petites filles regagnèrent leur place dans le désordre et le directeur de l'école fit son entrée.

Betty, au milieu du groupe d'enfants, pédalait en direction de l'hôpital, de la villa. Pour elle, comme pour ses camarades, la journée ne s'était pas déroulée exactement comme d'habitude. Le directeur les avait informées qu'un attentat avait eu lieu, la veille, dans un café de Paris et que leur professeur, qui se trouvait là, faisait partie des victimes. Ses blessures, sans être trop graves, avaient justifié, toutefois, une hospitalisation de quelques jours. Il n'en avait pas dit davantage. Durant les récréations et lors du déjeuner à la cantine, les élèves, sur ce sujet, étaient divisées. Il y avait celles qui avouaient « n'avoir rien compris à cette histoire d'attentat » et celles qui, de façon désordonnée, parlaient de la guerre d'Algérie, de son indépendance, de l'OAS, du FLN et du général de Gaulle. Sur ce seul nom, elles s'étaient disputées. Quelques-unes l'accusaient d'avoir trahi la France et les Français, d'avoir « bradé l'Algérie ». Betty n'avait sur ce sujet que des notions très vagues et s'était bien gardée d'intervenir. Cela n'avait pas empêché une fille, plus grande et plus âgée, de l'interpeller : « Et toi, la fille du docteur des fous ? Tu es gaulliste comme ton père ? » Betty n'avait pas su lui répondre et cela lui avait valu quelques moqueries.

C'est à cela qu'elle pensait en pédalant avec les autres enfants. Son père était-il un gaulliste, et si oui, cela impliquait-il qu'elle le soit aussi ? Elle se promit d'en parler le soir même à ses parents.

Un malade jardinier achevait de ratisser la pelouse quand Betty regagna la cabane, au bout du jardin. Elle ignorait son nom mais elle le connaissait depuis longtemps et se plaisait en sa compagnie.

— Bonjour ! lui dit-elle joyeusement.

— Bonjour, la fille du docteur !

Lui aussi semblait content de la voir. Il lui désigna fièrement l'énorme tas de feuilles mortes, contre le mur.

— Tu as bien travaillé, approuva Betty avec sérieux.

Depuis l'enfance, elle avait gardé l'habitude de tutoyer les malades. Agnès, durant l'été, lui avait conseillé de passer au vouvoiement qu'elle et ses sœurs aînées jugeaient moins familier. « Betty est encore une enfant, fiche-lui la paix avec tes conseils », était intervenu leur père.

En refermant la porte de la cabane, Betty retrouva le malade jardinier qui faisait une pause, les mains appuyées sur le manche du râteau.

— J'ai presque fini, dit-il.

Betty regarda autour d'elle : il n'y avait plus que quelques feuilles sur la pelouse et l'allée était désormais dégagée. Le tas, contre le mur, l'impressionna.

— Je n'aurais jamais cru qu'il y en avait autant.

Le malade jardinier affichait un sourire heureux et confiant.

— Je travaille depuis ce matin.

Puis, brusquement, sur un tout autre ton, le regard anxieux et en cessant de sourire :

— *Il* sera content ?

Betty savait que presque tous les malades, quand ils évoquaient son père, utilisaient la troisième personne. Elle avait choisi une fois pour toutes de leur répondre sur le même ton.

— *Il* sera très content.

Le sourire revint sur le visage du malade jardinier. Il se remit au travail et ratissa avec énergie les quelques feuilles qui restaient encore, ici et là, sur la pelouse.

Betty fit ses devoirs et apprit par cœur la dernière strophe de *La Mort du loup*, plus qu'on ne le lui avait demandé, ce qui avait l'avantage de lui faire prendre de l'avance sur le programme de la semaine. Décidément, elle aimait ce poème : il était si beau, si triste ! En se le récitant à haute voix, pour le plaisir, elle en avait les larmes aux yeux. Pendant ce temps, Rose achevait de préparer le dîner que la mère de Betty servirait, réchauffé, un peu plus tard. Quand Betty l'entendit mettre la table, elle la rejoignit dans la salle à manger.

Tout en l'aidant, Betty racontait sa journée à l'école. Au récit de ce qui était arrivé à son professeur, Rose se troubla et quand Betty prononça le mot « guerre », elle laissa échapper une assiette qui se brisa sur le plancher. Ses gestes devinrent saccadés, son regard ne se posait plus sur rien et son corps tout entier se mit à trembler. Betty reconnut les premiers symptômes de ce que son père appelait une « crise de panique » et appela sa mère.

Celle-ci se trouvait au salon, occupée à rassembler les bûches et les pommes de pin dans la cheminée pour le feu qu'elle allumerait plus tard, après le dîner. Elle accourut aussitôt.

Au même instant, la porte du vestibule s'ouvrit et se referma : le père de Betty était de retour. Dans la salle à manger, sa mère avait posé ses mains sur les épaules de Rose pour tenter de la calmer. En même temps, elle interrogeait sa fille :

— Qu'est-ce que tu as fait pour qu'elle ait si peur ? Qu'est-ce que tu lui as dit ?

— Mais rien, maman, rien… J'ai parlé de mon professeur d'histoire-géo… l'attentat à Paris… la guerre d'Algérie…

Betty n'en dit pas plus, son père venait d'entrer dans la salle à manger.

— Rose ? appela-t-il.

Était-ce le son de sa voix ? Sa présence ? Elle parut commencer à s'apaiser. Il fit signe à sa femme de se reculer et, de ses bras, entoura les épaules de Rose. Celle-ci, alors, cessa complètement de trembler. « Que s'est-il passé ? Qu'est-ce qui m'arrive ? » demandait son regard. Ce regard, le père de Betty le déchiffra immédiatement.

— Ce n'est rien… Le début d'une crise… Mais c'est fini, tout va bien.

Rose essayait de lui sourire sans y parvenir encore vraiment. Son regard redevenu confiant ne quittait pas le visage de celui qui la soignait.

— C'est l'heure pour toi de retourner à ton pavillon, Rose. Je vais te raccompagner.

Il lui prit le bras et la guida vers le vestibule où il l'aida à enfiler son manteau, à nouer son fichu.

— Tu vois, je ne te donne même pas un comprimé. Tu vas très bien, maintenant.

Dix minutes plus tard, il était de retour. Sa femme et sa fille l'attendaient, assises autour de la table. Elles avaient achevé de mettre le couvert et semblaient en grande conversation. Il les embrassa sur le front et regagna sa place, attentif à ne pas les interrompre.

— Je ne savais pas que la guerre d'Algérie c'était comme la guerre de 1940 et les camps de concentration ! se défendait Betty.

— Ça n'a effectivement absolument rien à voir. Mais pour Rose le mot « guerre » est synonyme de l'horreur absolue… Tu sais bien, parfois elle panique et on ne comprend pas pourquoi. Mais là, c'est très clair. « Guerre » est un mot que nous ne devons pas prononcer devant elle.

Elle se tourna vers son mari pour le prendre

à témoin. Il l'approuva et elle alla chercher dans la cuisine le rôti de veau et les haricots verts. Elle servit leurs trois assiettes et reprit la parole.

— J'essayais d'expliquer à Betty que depuis les accords d'Évian la guerre d'Algérie est finie. Du moins pour nous, en France. Là-bas… Un de ses professeurs a été victime d'un attentat, hier, dans un café parisien. Ça ne peut pas être politique ! Comment croire à un retour de l'OAS ? C'est impossible !

— C'est pas un peu trop sérieux pour elle ?

Il contemplait, attendri, le visage concentré de sa fille, son air farouche et tendu qui montrait à quel point elle désirait ne rien perdre de ce que lui expliquait sa mère. Mais pour la tester, il prononça les deux mots qui d'habitude avaient sur elle le pouvoir d'une formule magique.

— Le numéro cinq n'en a pas assez de ces problèmes d'adultes ?

Sa femme protesta.

— Betty a douze ans, elle est en âge de comprendre dans quel monde on vit. Ce n'est plus une enfant !

— Si !

Betty, en une fraction de seconde, avait radicalement changé d'état d'esprit. Peu importait ce que lui avait expliqué sa mère, elle ne désirait rien d'autre qu'approuver son père, qu'être telle qu'il voulait qu'elle soit. Sa mère haussa les épaules et, sur un ton gentiment ironique :

— Heureusement que je ne suis pas paranoïaque… Avec vous deux toujours d'accord… toujours soudés…

— Para… quoi ?

— Demande à ton père, c'est son rayon.

Sa mère se leva et revint de la cuisine avec de la salade et une assiette de fromages. Son mari s'était resservi un verre de vin et, pour une Betty à nouveau très concentrée, achevait son explication.

— J'en soigne beaucoup à l'hôpital. Tu les croises sans même t'en rendre compte. Mais assez de sérieux. J'ai réservé dans un hôtel à Megève. Nous finirons l'année en famille, à la montagne, dans la neige.

— Avec toutes mes sœurs ?

— Oui, tout mon banc de sardines.

C'est ainsi qu'il avait coutume de surnommer ses filles. Sur le buffet, une grande photo encadrée les représentait toutes les cinq.

Elles posaient alignées par ordre de taille, en short et chemisette, et souriaient franchement à l'objectif. Seule Betty se tenait un peu en retrait. La photo datait de l'été 1955, Betty avait cinq ans.

L'après-dîner était l'heure préférée de Betty. Dans le salon, on avait tiré les rideaux, allumé les différentes lampes qui diffusaient une lumière chaude et intime. Le feu crépitait dans la cheminée. Sur l'électrophone tournait un disque de Mendelssohn.

Comme chaque soir, la mère de Betty lisait *Le Monde* et s'interrompait parfois pour communiquer à son mari une information qui lui semblait particulièrement importante. Ou bien elle laissait retomber le journal sur ses genoux, renversait la tête en arrière et, les yeux fermés, écoutait avec passion tel ou tel morceau de musique. Pendant ce temps, Betty et son père disputaient leur partie de mikado. De force égale, ils jouaient avec sérieux, pareillement désireux de marquer des points. Betty avait alors le sentiment d'avoir son père pour elle toute seule. Durant la journée, il appartenait à ses malades et, lors du dîner, il se partageait entre sa femme et sa fille. Après, enfin, c'était son tour. Que sa mère intervienne de temps à autre ne la gênait pas. Ainsi :

— Avant-hier, Kennedy a mis l'embargo sur les fusées soviétiques à destination de Cuba. Maintenant, la flotte américaine procède au blocus et le Conseil de sécurité est saisi de l'affaire. Qu'est-ce que tu crois ? Il y a encore un danger de guerre mondiale ?

Elle s'adressait à son mari et il lui répondit :

— Oui, si Khrouchtchev n'accepte pas de retirer ses fusées. Je pense qu'il finira par le faire, mais on n'en est pas encore là.

Betty tenait dans sa main gauche les bâtonnets déjà gagnés. Les lèvres serrées par l'effort de concentration, elle venait de subtiliser coup sur coup un samurai et un mandarin et, puisque c'était encore à elle de jouer, elle ambitionnait de retirer le précieux mikado. C'était une manœuvre particulièrement délicate mais si elle y parvenait, elle gagnerait la partie. Les yeux fixés sur l'entrelacs des bâtonnets, elle cherchait comment s'y prendre en retenant sa respiration.

— Il y a aussi un entrefilet sur l'attentat dont a été victime ton professeur, Betty, reprenait sa mère. La police écarte la piste politique. En fait, elle patauge…

Là-dessus, elle quitta un peu brusquement son fauteuil, Betty sursauta et rata sa manœuvre.

— Merdum ! dit-elle à voix haute en surveillant attentivement son père.

Il avait beaucoup de points de retard. Comment allait-il s'y prendre pour les rattraper ? Il n'allait quand même pas avoir l'audace de s'attaquer au mikado qu'elle venait, à cause de sa mère, de rater !

Celle-ci mettait un nouveau disque sur l'électrophone. Après le *Concerto pour violon et piano* de Mendelssohn, elle avait choisi la *Symphonie n° 12,* sa préférée, celle qu'elle écoutait presque tous les jours.

— Encore ! Ta mère est en pleine crise Mendelssohn !

Cette remarque lui fut fatale, il avait bougé et échoué. C'était au tour de Betty de jouer et son air farouche le fit sourire. L'idée de perdre, à ce moment-là, ne l'affectait pas : la passion de sa fille, si près de gagner, sa totale détermination l'attendrissaient et lui plaisaient à la fois. Sa femme, de retour dans son fauteuil, annonçait à la cantonade :

— Au fait, après-demain, je vais à Paris. Dans la journée, j'irai au cinéma et le soir, avec notre aînée, salle Pleyel. Je resterai dormir chez elle et ne rentrerai que le lendemain matin. Tu t'occuperas du dîner, Betty ?

— Oui, maman.

Betty, toute à sa manœuvre, avait à peine entendu ce que venait de dire sa mère.

— J'ai épousé une femme très indépendante, commenta son père. Si on n'avait pas eu cinq enfants, je me demande si j'aurais pu la garder avec moi, à l'hôpital.

Il l'apostropha :

— Avec deux enfants seulement, tu serais restée ?

— Comment savoir ?

— J'ai gagné !

Le triomphe heureux de Betty fut de courte durée. Dans le couloir qui desservait les trois chambres de la villa, elle repensa brusquement aux deux frères, à leurs jeux cruels. Elle entra dans sa chambre, alluma la lampe de chevet et s'aperçut avec effroi que Rose avait oublié de fermer les volets. Peut-être « la chose » se trouvait-elle à nouveau sur le rebord de la fenêtre ? Son cœur se mit à battre plus vite. Son père qui la suivait de près l'avait vue se figer, comme hypnotisée par quelque chose qu'il ne comprenait pas.

— Betty ? Ça ne va pas ?

— Va voir sur le rebord de la fenêtre.

Intrigué par cette demande insolite, il fit exactement ce qu'elle lui demandait. Puis il se retourna, surpris par l'anxiété qu'il découvrait maintenant sur le visage de sa fille.

— Eh bien ? dit-elle d'une voix blanche.

— Eh bien, quoi ? Il n'y a rien ! Tu veux que je ferme les volets ?

— Oui.

Il ferma les volets, la fenêtre, et revint vers Betty. Elle avait retrouvé son visage placide et esquissait un début de sourire.

— Tu me fais une blague ? demanda-t-il.

Betty hésitait. Sa peur passée, elle avait envie de rire, de transformer cette fausse alerte en une sorte de jeu improvisé.

— Peut-être, dit-elle avec coquetterie.

Son père parut se contenter de cette réponse. Pourtant, c'est avec gravité et en la regardant droit dans les yeux qu'il lui demanda :

— Tu ne me caches rien ?

— Non.

— Tu ne me cacheras jamais rien ?

— Jamais !

Betty était sincère. Si présente à son père, à ce tête-à-tête qui les réunissait dans l'intimité de sa chambre, qu'elle en oubliait le reste. Elle passa soudain ses bras autour de son cou et se serra violemment contre lui. Il l'embrassa et comme elle demeurait agrippée, il se dégagea doucement, un peu déconcerté.

— J'ai une confiance totale et définitive dans mon numéro cinq.

La queue-de-cheval de Betty s'était défaite durant leur étreinte. Il passa sa main dans les cheveux bruns, longs et épais.

— Ne fais pas comme tes sœurs et ta mère, ne les coupe pas. Vous avez toutes de si beaux cheveux…

Il ramassa le ruban écossais tombé sur le tapis et le déposa sur la table de nuit.

— Mais change de ruban, c'est encore et toujours le même ! C'est comme ta mère avec son Mendelssohn ! Un peu de fantaisie !

MARDI

Durant la nuit, un brouhaha inhabituel avait réveillé Betty : la sonnerie du téléphone, longue, insistante, suivie de près par celle de la porte du vestibule, des courses dans le couloir, les voix de ses parents et celles d'inconnus. Puis, plus rien. « Une urgence », avait pensé Betty en se rendormant.

Le lendemain matin, au petit déjeuner, elle vit son père et comprit immédiatement que quelque chose de grave avait eu lieu.

Il était en bras de chemise, sans cravate, pâle, les traits tirés, en proie à une forte colère malgré la présence de Rose, effrayée par son comportement, et de sa femme qui tentait, par des mots murmurés et des gestes d'affection, de l'apaiser.

— J'ai interdit une fois pour toutes qu'on attache les malades, disait-il en martelant la table de ses poings serrés. Je l'ai interdit et je le répète régulièrement. Et voilà qu'un nouveau qui connaissait cette interdiction, le règlement…

Ses poings retombèrent inertes sur la table. Il baissa la tête, accablé, comme si, tout à coup, les mots lui manquaient. Sa détresse était plus impressionnante encore que sa colère. Dans le silence qui suivit, Betty se glissa à ses côtés et osa poser une main timide sur son bras.

— Qu'est-ce qui se passe ? chuchota-t-elle.

Son père releva la tête et retrouva un semblant de calme. Pour ne pas être entendu de Rose, lui aussi chuchota.

— Cette nuit, un malade que ce nouvel infirmier avait attaché à son lit a fait un delirium tremens. Une des sangles l'a presque étranglé… J'avais pourtant interdit qu'on attache les malades…

— Il est mort ?

— Il est en réanimation depuis cinq heures. Si une infirmière n'était pas passée par hasard, il serait mort à l'heure actuelle.

— Mais il va quand même mourir ?

Betty se penchait vers son père, son regard cherchait le sien. Il vit ce regard et le petit visage crispé de sa fille.

— Non, ma chérie, il va s'en sortir.

Il avait retrouvé son habituelle autorité qui faisait que personne, jamais, ne mettait sa parole en doute. Mais en effleurant de ses doigts la joue de Betty, il crut bon d'ajouter :

— Promis.

Il consulta sa montre, enfila sa veste et sortit machinalement une cigarette du paquet qu'il venait de retrouver dans une de ses poches.

— J'y retourne. À ce soir.

La fraîcheur du matin semblait plus sensible que la veille mais un peu de soleil perçait derrière les nuages. Betty, emmitouflée dans son duffle-coat, pédalait au milieu du groupe d'enfants. Elle cherchait à se souvenir. Il y avait de cela plusieurs années — trois de ses sœurs étaient encore là et la famille habitait dans l'enceinte de l'hôpital —, un malade était mort, étranglé par une des sangles qui le maintenaient de force dans son lit. Le père de Betty, nommé depuis peu médecin-directeur, avait alors instauré un nouveau règlement qui proscrivait les camisoles de force et les électrochocs. Betty savait que ces deux mesures avaient fait scandale dans le milieu médical et que beaucoup de ses confrères, encore aujourd'hui, le critiquaient. Mais son père avait tenu bon et, jusque-là, tout semblait lui donner raison. Elle ignorait quelles auraient été les conséquences pour lui si le malade de cette nuit n'avait pas survécu, mais elle croyait, sans parvenir à en imaginer aucune, qu'elles auraient été terribles. Et c'était comme une grande menace qui rôdait autour de son père. « Il n'est pas mort », se répétait-elle en repensant à ce qu'il lui avait dit, à sa promesse.

La journée, à l'école, se déroula normalement. On informa les enfants que leur professeur d'histoire allait quitter l'hôpital parisien où il avait été transféré et qu'il serait bientôt en mesure de reprendre ses cours. Les élèves accueillirent la nouvelle avec indifférence : ce qui les avait tant agitées la veille avait beaucoup perdu de son importance. On parlait à nouveau de films, du programme de la télévision, des bonnes et mauvaises notes, des petits incidents entre les uns et les autres. Dans la cour de récréation, Betty entr'aperçut les deux frères. Ils se disputaient si violemment avec d'autres garçons qu'un surveillant dut intervenir pour les séparer. Pas un instant ils n'avaient remarqué la présence de Betty. C'était si nouveau qu'elle se demanda s'ils ne s'étaient pas lassés de la tourmenter. Mais elle demeurait sur ses gardes et suivant la tactique qu'elle avait adoptée la veille, elle rentra avec le groupe d'enfants qui habitait l'enceinte de l'hôpital.

Betty venait de ranger sa bicyclette dans la cabane et s'apprêtait à fermer la porte quand il y eut dans son dos un bruit étrange, à la fois fort et étouffé, qui s'apparentait à la chute d'un corps ou d'un objet. Elle s'immobilisa, persuadée que les deux frères étaient là, de retour. La peur l'empêchait de bouger, de se retourner. Dans le silence qui suivit, elle perçut avec netteté le souffle d'une respiration. Un souffle oppressé et qui s'accentua. Betty, maintenant, savait : il y avait quelqu'un derrière elle. Elle se retourna d'un bond, les poings serrés, sûre de se retrouver face aux deux frères. Et recula, stupéfaite.

À demi accroupi sur le tas de feuilles mortes

se tenait un homme qu'elle ne connaissait pas mais qu'elle identifia à cause de son uniforme : comme tous les malades de l'hôpital, il portait un pantalon et une veste en épaisse toile bleu foncé. Il la fixait avec une frayeur telle que Betty tenta un pas vers lui pour le rassurer. L'homme, de plus en plus effrayé, se ramassa sur lui-même dans un grand froissement de feuilles mortes. Betty se mit à penser très vite. Et comprit.

L'homme qui se trouvait là était un malade en fuite. Par des moyens qu'elle ne connaissait pas, il était parvenu à escalader le mur de l'enceinte et avait atterri de l'autre côté, sur le gros tas de feuilles mortes.

La cloche de la chapelle sonna la demie de cinq heures. Bientôt ce serait l'heure du dîner pour les malades. Des infirmiers se mettraient à la recherche des retardataires. On s'apercevrait alors que quelqu'un manquait. Betty se décida. Une décision brutale, irrémédiable, et que, tout au long de sa vie, jamais elle ne pourrait s'expliquer.

— Viens, dit-elle.

Le son de sa propre voix, calme et autoritaire, la surprit. L'homme tressaillit de tout son corps mais ne bougea pas. Sa respiration était devenue haletante. Elle avança lentement vers lui, la main ouverte et tendue en avant comme elle avait vu son père le faire avec Rose. L'homme, tout aussi lentement — à croire qu'ils se mouvaient sur le même rythme —, se redressa.

Il était grand, maigre, avec des cheveux gris et d'épais sourcils, gris eux aussi. Même s'il se tenait un peu voûté, sa haute taille surprit Betty. Ainsi que son teint, très pâle. « Il ne travaillait pas dans les potagers… Il ne devait pas quitter son pavillon », pensa-t-elle. Elle lui souriait mais il continuait à la fixer avec frayeur, les bras collés le long du corps, immobile.

Betty était très proche de lui, maintenant. L'homme avait encore la possibilité de s'enfuir, de courir jusqu'au portail qui séparait le jardin de la petite route départementale. Mais il ne bougeait pas.

— Tu ne dois pas rester là, dit Betty sur un ton plus doux. Je vais te cacher. Viens.

Elle posa sa main sur son coude et tenta de l'attirer vers elle. Il tressaillit si violemment qu'un bref instant elle eut peur et retira sa main. Puis elle se souvint que sa mère et Rose se trouvaient dans la villa, qu'elles risquaient de sortir et de les surprendre. Il fallait agir vite. Elle lui désigna la cabane.

— Je vais te cacher là. C'est chez moi, personne n'y vient jamais.

Quelque chose parut s'apaiser dans les traits de son visage, dans son corps.

— La fille du docteur, dit l'homme lentement en séparant chaque syllabe les unes des autres.

Il fit un pas en avant et Betty en fit un autre en arrière. Sans le quitter des yeux, sans cesser de lui sourire et toujours en reculant, elle le conduisit jusqu'à la cabane. Tous deux entrèrent et elle put fermer la porte.

La cabane — en fait une remise de petite taille — avait une ouverture à la hauteur du plafond qui laissait pénétrer la lumière. Mais le jour déclinait et ils se trouvaient tous deux dans la pénombre. L'homme était à nouveau immobile. Betty s'agitait, repoussant des objets, les entassant les uns sur les autres pour qu'il ait un peu plus de place. Lui la regardait faire. Il ne semblait plus effrayé, mais concentré. Ses yeux, maintenant très mobiles, suivaient Betty dans le moindre de ses gestes. Même quand elle lui tournait le dos, elle sentait l'intensité de son regard. Pour se donner une contenance, pour garder le contact avec lui, elle commentait : « Oh ! la la ! tous ces trucs qui ne servent à rien… Il y a une chaise quelque part… Il faut que je la trouve, tu seras mieux. » Elle ne tarda pas à la dénicher, l'épousseta avec la manche de son duffle-coat et la posa devant lui. Comme il ne bougeait toujours pas, elle l'essaya.

— Bon, elle est un peu de traviole, mais c'est mieux que de devoir s'asseoir par terre.

Dehors, il faisait presque nuit et ils se distinguaient à peine dans l'obscurité grandissante de la cabane. Betty, alors, réalisa qu'il était tard et que sa mère, peut-être, s'inquiétait de son absence. Elle s'approcha le plus près possible de lui en se gardant, toutefois, de le toucher.

— Écoute-moi bien : je dois y aller mais je vais revenir. Je t'apporterai de l'eau, de quoi manger, une couverture et une lampe de poche.

Il ne réagissait pas, toujours immobile et ne la quittant pas des yeux. Elle dut faire un effort pour ne pas s'impatienter.

— Montre-moi par un signe que tu comprends ce que je te dis. Si tu préfères ne pas parler, fais oui ou non avec la tête. Tu m'as comprise ?

Lentement, il remua la tête en signe d'acquiescement. Betty en fut si émue qu'elle dut faire un deuxième effort : celui de ne pas se laisser aller à cette émotion nouvelle, étrange, et qui, elle le pressentait, risquait de lui faire perdre le contrôle de la situation.

— Bien, dit-elle. Très bien. Je m'en vais, mais je reviens.

Elle ramassa son cartable, il se déplaça pour la laisser passer. Sur le pas de la porte, elle ajouta :

— Je suis obligée de t'enfermer à clef. Personne ne vient ici mais on ne sait jamais. C'est pour te protéger. Tu as compris que je ne te dénoncerai pas ? Que je suis ton amie ?

L'obscurité l'empêchait de voir s'il lui avait répondu. C'est tout juste si elle distinguait les contours de la haute et maigre silhouette dont la tête frôlait le plafond de la cabane. Mais elle était sûre qu'il avait dit oui. Elle donna un double tour de clef, la glissa dans la poche de son duffle-coat et se dirigea rapidement vers la villa.

Dès le vestibule, Betty reconnut le *Concerto pour violon et piano* de Mendelssohn et fut rassurée : sa mère, plongée dans l'écoute de sa musique favorite, ne s'était pas rendu compte de son retard. Elle se débarrassa de son duffle-coat et poussa la porte du salon : sa mère était étendue sur le canapé, un châle posé sur ses jambes et ses pieds. Une paire de mocassins était rangée à côté, sur le tapis.

— Tout va bien, maman ?

— Mais oui. Et pour toi ?

— Très bien.

Elle omit de refermer la porte et se mit à réfléchir. C'était maintenant qu'il fallait agir. Après le dîner, ses parents ne comprendraient pas qu'elle s'absente. Elle avait d'ailleurs peu de temps. D'abord, l'eau et la nourriture. Mais, pour subtiliser quelques denrées, elle devait éloigner Rose. Elle se rendit à la cuisine, l'embrassa sur les deux joues et d'une voix câline :

— S'il te plaît, Rose, tu veux bien aller fermer les volets de ma chambre ? Quand il fait nuit et qu'ils sont ouverts, j'ai peur.

Rose obéit. Un sac traînait sur la table. Betty le remplit avec un paquet de biscuits, deux

pommes, deux bananes. Dans le réfrigérateur, elle prit une cuisse de poulet et un
morceau de gruyère. Restait l'eau. Betty et
sa famille buvaient celle du robinet servie
dans une carafe. Voler une carafe d'eau et la
porter jusqu'à la cabane était trop com-
pliqué. Elle se rappela qu'elle possédait une
gourde de camping qui lui servait, l'été, lors
de ses promenades à bicyclette.

Rose revenait quand Betty quitta la cuisine.
Dissimuler le paquet derrière son dos, lui sourire, donner l'impression que ce mardi était
un mardi comme tous les autres l'amusait
énormément. Ce qu'elle éprouvait depuis sa
rencontre avec l'homme évadé la transportait
dans un monde inconnu, une sorte de nouveau jeu qui ressemblait aux aventures de ses
livres favoris, ceux qui à l'inverse de *Fantômas*
ne lui faisaient pas peur, où un enfant avait le
pouvoir de cacher un adulte innocent traqué
par des bandits sanguinaires.

Elle trouva la gourde et la remplit d'eau
dans la salle de bains. Puis la lampe de poche.
Dernier problème, la couverture. Son lit et
celui de sa sœur étaient pareillement recou-
verts d'un tissu fleuri. Elle pouvait emprunter
la couverture de sa sœur ; grâce au tissu, per-

sonne ne se rendrait compte de rien. Hormis Agnès. Mais Agnès ne revenait que vendredi soir, et c'était pour Betty le bout du monde.

Restait le plus difficile : sortir de la villa sans que sa mère ou Rose ne la surprenne. Et cela d'autant plus qu'elle était à présent encombrée d'un paquet et d'une couverture.

Dans le vestibule, elle s'aperçut qu'elle avait oublié de refermer la porte du salon et qu'au moindre bruit, sa mère relèverait la tête. Elles se retrouveraient alors, toutes les deux, face à face : sa mère dans la lumière du salon, Betty dans la pénombre du vestibule. Betty préféra improviser. Elle récupéra la clef de la cabane dans la poche de son duffle-coat et sur un ton qui se voulait naturel :

— Maman ? Je vais nourrir mes lapins.

Sa mère, toujours allongée sur le divan, se redressa à demi. Elle cligna des yeux pour distinguer la silhouette de sa fille que l'obscurité du vestibule rendait incertaine.

— À cette heure-ci ? Dans la nuit ?

— J'ai ma lampe de poche !

Betty l'extirpa discrètement du paquet et la fit clignoter.

— Bon, répondit sa mère. Mais couvre-toi et reviens vite.

Betty sortit aussitôt. Elle avait négligé de mettre son duffle-coat mais elle ne sentait pas le froid et l'humidité de la nuit. Elle avançait sans crainte. La lune, presque pleine, montait dans le ciel et éclairait le jardin, l'allée. Elle n'eut pas une pensée pour *Cosmos X* et *Ranger V* tant elle était fière de ses ruses successives. Elle qui ne mentait presque jamais, à propos de petites choses sans importance, n'en revenait pas de s'être si bien débrouillée pour tromper et Rose et sa mère. Non seulement mentir lui avait été facile, mais c'était amusant. Quelle découverte !

Mais au moment d'introduire la clef dans la serrure, son excitation retomba et une sorte d'effroi la saisit. De l'autre côté de la porte se trouvait un homme, un malade mental évadé dont elle ignorait le passé, autant dire un fou. La nuit et le silence autour de la cabane augmentèrent son malaise. Des phrases entendues ici et là lui revinrent en mémoire : « Avec un fou, il faut s'attendre à tout », « Un fou peut brusquement devenir très violent ». Puis elle revit ces êtres doux qui, jamais, ne lui avaient fait peur et son malaise cessa.

Elle colla son oreille contre la porte en bois. Le silence était tel qu'elle crut percevoir un froissement de vêtement, une respiration oppressée. Elle était sûre que lui aussi se tenait l'oreille collée à la porte. Il l'avait entendue et, parce qu'il ignorait qui se trouvait là, peut-être était-il effrayé. Cela la décida. Elle introduisit la clef dans la serrure, ouvrit la porte et la referma.

— C'est moi, n'aie pas peur, chuchota-t-elle en déposant la couverture et le sac.

L'espace de la cabane était si réduit qu'ils étaient très proches l'un de l'autre. Le faible halo de lune qui passait à travers l'ouverture du plafond les réduisait à deux silhouettes aux contours vagues.

— La fille du docteur, articula-t-il avec peine.

Elle alluma la lampe de poche et la posa par terre, entre leurs pieds.

— De l'extérieur, on verra moins la lumière, comme ça. Mais quand je partirai, il faudra l'éteindre, sinon tu risques d'être repéré et repris.

Maintenant, elle distinguait presque nettement son visage, les épais sourcils gris froncés par l'effort qu'il faisait pour la comprendre, le regard encore apeuré. Sa respiration, toujours oppressée, faisait un drôle de bruit.

— Dans le sac, il y a de quoi manger et une gourde avec de l'eau. Tu devras t'envelopper dans la couverture, il fait froid, la nuit.

Et comme rien en lui ne réagissait à ses paroles :

— Tu me comprends ?

Il parut vouloir lui répondre, prit une respiration, n'y parvint pas, recommença.

— *Il* sait ?

Betty fit immédiatement le lien avec son père mais ne comprit pas le sens de sa question.

— Quoi ?

Les lèvres de l'homme tremblaient, ses mains dressées à la hauteur du visage de Betty s'agitaient convulsivement. Celle-ci attendait, bouleversée. Jamais elle n'avait vu d'aussi près une telle incapacité à s'exprimer, une telle détresse. Elle sentait que ce qu'il avait à lui dire était essentiel, qu'il fallait absolument qu'elle le comprenne.

— *Il* sait ? parvint-il à répéter.

Enfin, ce fut clair.

— Que tu t'es évadé ? Je ne sais pas. Je le saurai quand *il* rentrera à la maison.

Elle avait utilisé la troisième personne,

comme elle avait coutume de le faire avec les autres malades. L'homme parut soulagé. Son visage, pris dans le halo de la lampe de poche, se détendit. Malgré les cheveux et les sourcils gris, les trois rides profondes du front, il avait tout à coup l'air d'un jeune homme. « Les malades n'ont pas d'âge », se rappela Betty. Elle le sentait en confiance et elle l'était aussi. Les quelques mots qu'ils avaient échangés avaient suffi pour amorcer un lien, si ténu soit-il. Son regard apaisé ne la quittait pas. Betty aurait aimé s'asseoir près de lui, déballer une à une les surprises que contenait le sac, les lui offrir. En agissant de la sorte, elle consoliderait le lien qui se tissait là, dans l'obscurité de la cabane. Mais elle ne pouvait rester davantage.

Elle dut faire un effort pour s'arracher à cette étrange et douce torpeur ; pour retrouver l'autorité avec laquelle elle s'était adressée à lui jusque-là.

— Je dois rentrer chez moi. Demain matin, avant l'école, je viendrai chercher ma bicyclette et je te verrai. Je t'apporterai à manger, aussi.

Elle ramassa le sac, l'ouvrit et le posa sur les genoux de l'homme. À ce bref contact,

son corps, pour la première fois, ne tressaillit pas.

— Il faut que tu manges, maintenant.

— Merci, la fille du docteur, articula-t-il
en hésitant.

— Je m'appelle Betty.

Il ne comprit pas et répéta, sans hésiter
cette fois, et sur un ton plus affirmatif :

— Merci, la fille du docteur.

— Je m'appelle…

Betty ne put achever sa phrase. C'était
comme si son prénom, tout à coup, ne lui
convenait plus. Comme si en l'espace de
quelques minutes il était devenu ridicule,
étranger, sans rapport avec ce qu'elle se sentait être, là, dans la pénombre, en face de lui.
Elle se rappela alors que son vrai prénom
était Élisabeth. Et aussi qu'elle devait d'urgence regagner la villa : nourrir ses lapins ne
justifiait pas tout ce temps passé dehors.

Elle ramassa la lampe de poche, l'éteignit.
L'homme sursauta et eut un gémissement
étonné et douloureux.

— Pardon, murmura-t-elle, pardon. Mais
c'est pour toi, pour pas qu'on te trouve.

Elle l'entendit respirer à nouveau de façon
désordonnée et bruyante et referma la porte,

le cœur serré. En donnant un tour de clef, son trouble se transforma en angoisse : une heure auparavant, elle était toute à la joie de cacher un malade évadé mais, maintenant, elle se reprochait à la fois de l'enfermer, de le retenir prisonnier et de l'abandonner seul dans la nuit. Ce n'était plus tout à fait le même jeu. « Mon fou, pensa-t-elle, mon pauvre fou. »

Elle pensait à lui en aidant Rose à mettre le couvert, en bavardant avec sa mère. Son père arriva à l'heure prévue et ils passèrent à table. Betty avait beaucoup de mal à ne pas l'inter-roger : savait-il déjà qu'un malade s'était évadé ? Les recherches avaient-elles commencé ? Mais son père ne dit rien à ce sujet et elle en conclut que personne ne s'était aperçu de son absence. Alors, elle le questionna sur l'accident qui avait eu lieu la nuit dernière et il lui répondit : l'homme avait été sauvé et se reposait, calmé par les médicaments. Mais il s'étonna :

— C'est nouveau que tu t'intéresses autant au sort de mes malades. Tu te fais du souci pour moi ? C'est gentil !

Il contemplait sa fille, son visage placide,

son grand front. Sa queue-de-cheval était un peu défaite et elle jouait machinalement avec une mèche échappée du ruban. Il reprit la parole.

— Je me suis énervé, ce matin… J'étais inquiet… Tu n'avais pas à savoir en détail ce qui s'était passé durant la nuit. Je crois même avoir utilisé le terme clinique « delirium tremens ». Tu sais ce que ça signifie ?

— Vaguement.

Cette réponse l'amusa.

— Admettons. Dorénavant, quand je parlerai de mes malades à ta mère, en ta présence, j'essaierai de le faire « vaguement ».

Il tendit son assiette, et sa femme, pour la deuxième fois, lui servit de la compote de pommes. En grignotant un biscuit, elle leur rappela qu'elle allait à Paris le lendemain, qu'elle ne rentrerait pas à la villa et que Betty devait aider Rose pour le dîner.

— Tu te souviens, dit-elle, Rose fait tout très bien, mais il faut tout lui dire. Elle ne peut pas prendre la moindre initiative. Il y aura des artichauts en entrée, puis un rôti et des pommes de terre que tu feras réchauffer. Et c'est toi qui allumeras le feu dans la cheminée. Rose ne doit en aucun cas s'occuper de ça. D'ailleurs, ça lui fait peur. Betty ? Tu m'écoutes ?

Betty sursauta. Sa mère lui désigna du menton la compote de pommes dans son assiette.

— Tu n'as rien mangé. Tu n'as pas faim ? Prends au moins une langue-de-chat. Tu adores les langues-de-chat. Betty ?

Betty prit le biscuit. Depuis un moment déjà, elle n'était plus dans la paisible salle à manger familiale mais, en pensée, dans la cabane au fond du jardin, avec celui qu'elle appelait « mon fou ».

La soirée débuta comme celle de la veille, comme toutes les autres. La mère de Betty mit un disque de Mendelssohn. « *Romances sans paroles* », annonça-t-elle sans que personne ne lui réponde. Dans la cheminée, une bûche s'écroula dans un jaillissement d'étincelles. Betty, armée d'une pincette, rétablit l'équilibre. Le feu faiblit un instant, elle le ranima en soufflant dessus et en y ajoutant des pommes de pin. Une délicieuse odeur de sous-bois envahit le salon. Betty était rouge, elle avait chaud et elle enleva la veste de son twin-set pour s'installer plus confortablement devant la cheminée. Puis elle se perdit dans la contemplation des flammes.

— Pas de mikado aujourd'hui ?

— Bheu…

— Tu sais que je suis dans une forme terrible et que tu vas perdre, lui dit son père. Et comme tu es une mauvaise joueuse…

Elle ne lui répondit pas.

— La pire des mauvaises joueuses…

Il s'assit dans le fauteuil à gauche de la cheminée et alluma une cigarette, celle qu'il qualifiait « du soir », la dernière de la journée. Sa femme s'était installée dans le fauteuil de droite. Betty se tenait au milieu, les mains tendues vers les flammes. Elle avait enlevé ses mocassins et se trouvait en collant. Le talon d'un de ses pieds était troué.

— Betty ?

Elle dut faire un effort pour quitter la cabane et revenir à la réalité du salon. Elle tourna son visage en direction de son père et surprit sur le sien une telle tendresse à son égard qu'elle sentit son cœur battre plus vite.

— Papa ?

— Je plaisantais, tu n'es pas une mauvaise joueuse. Et puis, une autre chose importante : tu as un trou au talon gauche de ton collant. Quant à ta jupe, elle est toute chiffonnée.

Il acheva de tirer quelques bouffées de sa cigarette, lentement, voluptueusement, puis l'éteignit.

— Tu négliges ta fille avec ta musique, dit-il à sa femme.

— Ah oui ?

Ces brefs échanges entre ses parents n'inquiétaient pas Betty. S'il leur arrivait de ne pas être d'accord, jamais elle ne les avait vus se disputer. Souvent son père taquinait sa mère ainsi qu'il s'amusait à le faire avec ses cinq filles. Comme elle ne se laissait pas impressionner, son père alors commentait : « Votre mère est très forte. C'est difficile de la désarçonner… » Maintenant tous deux se taisaient. L'un lisait le dernier numéro de *L'Express*, l'autre *Le Monde*. Betty les regardait et s'étonnait : pour eux, elle était toujours leur petite dernière. Ils ne soupçonnaient rien de l'extraordinaire aventure qu'elle était en train de vivre. Elle n'avait pas conscience de leur mentir. Elle cachait un évadé dans sa cabane, soit, mais c'était son fou, son histoire, cela ne regardait qu'elle. D'ailleurs, personne ne savait qu'un malade s'était enfui de l'hôpital.

— Je voudrais qu'on m'appelle Élisabeth, dit-elle soudain.

Peut-être avait-elle parlé trop bas car aucun de ses parents ne lui répondit : ils lisaient. Elle répéta. Ce fut sa mère qui la première réagit.

— Mais pourquoi ?

— Mon vrai prénom, mon prénom de baptême, c'est bien Élisabeth ?

Son père avait renoncé à sa lecture et contemplait sa fille avec surprise.

— Oui, dit-il. Tu t'appelles Élisabeth comme ma mère, ta grand-mère. Tu te souviens d'elle ?

Betty se rappelait à peine une vieille petite femme, alitée, malade, et qui lui faisait peur. Elle se souvenait un peu mieux de l'enterrement et du chagrin de son père. Chagrin qu'elle voyait à présent resurgir dans sa façon grave et douloureuse de la regarder en semblant attendre d'elle quelque chose qu'elle ne comprenait pas. Tout à coup, malgré le feu, elle eut froid et remit sa veste. Le silence prolongé de son père l'impressionnait mais elle devait lui répondre et renouveler sa demande.

— Oui, je me souviens un peu de Mamie. Je ne sais pas si c'est à cause d'elle, mais je voudrais vraiment qu'on m'appelle Élisabeth.

Son père et sa mère continuaient de se taire. Betty commençait à se sentir très mal à l'aise.

— Papa ? appela-t-elle avec sa petite voix d'enfant qui réclamait de l'aide. Ça te ferait de la peine de m'appeler Élisabeth ?

— Je ne sais pas.

Que son père s'avoue incapable de répondre à une question la stupéfiait. C'était la première fois. Pour elle, de même que pour tous les habitants de l'hôpital, son père était l'homme qui avait réponse à tout. Sa mère crut bon d'intervenir.

— Tu as le droit de choisir, bien sûr… Mais qu'est-ce que tu as contre Betty ? Tout le monde te connaît sous ce prénom ! C'est joli, Betty ! Ce n'est pas courant ! Il y a d'autres Betty dans ton école ? Aucune !

— C'est bête, Betty, c'est bête.

Elle n'avait pas d'autres arguments et les paroles de sa mère, qu'elle jugeait autori-

taires et injustes, la ramenaient à une posi-
tion de toute petite fille, de petite dernière.
Elle se leva précipitamment pour s'enfuir :
dans quelques secondes, elle allait se mettre
à pleurer. Son père l'attrapa et la prit dans
ses bras.

— On fera ce que tu voudras. Laisse-nous
juste un peu de temps. Mais de toutes les
façons, pour longtemps encore, tu es mon
numéro cinq.

Il l'embrassa, coinça derrière l'oreille la
mèche de cheveux qui s'était échappée de la
queue-de-cheval. Betty se laissait faire, consciente qu'elle ne réagissait pas comme
d'habitude à la tendresse complice de son
père. Normalement elle aurait dû se sentir
immédiatement apaisée, mais non. Quelque
chose d'inconnu l'agitait et son envie de
pleurer, même si elle diminuait, était encore
présente. Son père, alors, décida :

— Tu vas aller te coucher sans discuter
car je te trouve un peu bizarre. On te fait
trop travailler à l'école ?

Il la poussa en direction de sa mère,
attendit qu'elles s'embrassent et se disent
bonsoir, puis la prit par la main et l'entraîna
en direction de sa chambre.

— Tu es fatiguée, ma petite chérie. Moi aussi, d'ailleurs, sacrément fatigué…

« C'est ça, pensa Betty avec soulagement, je suis fatiguée. » Elle expédia sa toilette, se coucha et s'endormit aussitôt. Un sommeil profond, sans rêves, et qui la mena jusqu'au matin, jusqu'à la sonnerie du réveil.

MERCREDI

Quand Betty arriva dans la salle à manger où Rose avait servi le petit déjeuner, sa mère s'y trouvait déjà, occupée à beurrer des tartines. Du salon parvenait la voix de son père. Il parlait au téléphone et l'on entendait parfaitement ce qu'il disait. C'étaient des bouts de phrases mais Betty ne tarda pas à comprendre : il s'agissait de son fou, on s'était aperçu de son absence. La conversation s'acheva et son père vint les rejoindre. Il ne semblait pas particulièrement préoccupé. En se servant une tasse de café, qu'il aimait noir et très fort, il raconta :

— Un de mes malades a disparu mais personne n'est capable de me dire quand et comment il s'est évadé.

— Tu veux dire, lui demanda sa femme,

qu'on ne sait pas si c'est hier, cette nuit ou ce matin ?

— Exactement. Je pencherais pour hier. La nuit, les malades sont enfermés à clef.

Betty, embusquée derrière son bol de chocolat, ne perdait pas une seule de ses paroles. Elle s'efforçait de se taire, de ne pas poser de questions. C'était d'ailleurs inutile, son père continuait à commenter l'événement. Sans s'émouvoir et avec bonhomie : pour lui, cela semblait faire partie de la routine.

— La plupart des infirmiers et de nombreux malades sont à sa recherche. Il ne peut pas être allé bien loin. Si ça se trouve, il s'est caché dans l'enceinte de l'hôpital, en haut d'un arbre, par exemple. Auquel cas, il en sera quitte pour une bonne grippe… Il a fait froid, cette nuit.

Il acheva sa tartine et but posément une deuxième tasse de café.

— On peut aussi le retrouver au village tout comme il peut revenir spontanément. C'est déjà arrivé, ce genre de petite fugue, ça n'est jamais bien grave

— Et si vous ne le retrouvez pas ?

Là, Betty n'avait pu s'empêcher d'intervenir. Son père était debout, prêt à regagner l'hôpital. Il fouillait dans les poches de sa veste, à la recherche de son paquet de cigarettes. Il le trouva et en extirpa une qu'il cala entre ses lèvres sans l'allumer. Il la fumerait sitôt sorti de la villa, sur le chemin de l'hôpital. C'était la seule qu'il s'autorisait de la matinée.

— Ce serait plus embêtant car je devrais prévenir la police et j'ai horreur de mêler la police à mes affaires.

— Et comment s'appelle-t-il ?

— Le malade évadé ? Yvon…

Il s'arrêta net avant de prononcer le nom de famille.

— On était convenus hier soir que beaucoup de choses concernant l'hôpital ne te regardaient pas. Alors, perds tout de suite cette manie de me poser des questions et contente-toi de ce qu'on te raconte.

Et la cigarette pas encore allumée entre les lèvres, il s'en alla. Betty s'apprêtait à le suivre, pressée de passer quelques minutes dans la cabane avant de partir pour l'école. « Mon fou s'appelle Yvon », pensait-elle avec enthousiasme.

— Betty, dit sa mère. J'ai encore quelques

recommandations à te faire concernant la soirée…

— Mais je vais être en retard à l'école !

— Tu n'auras qu'à pédaler un peu plus vite. J'en ai à peine pour cinq minutes.

L'impatience de Betty était telle que sa main tremblait et qu'elle ne parvenait pas à introduire la clef dans la serrure. Comment avait-il passé la nuit ? Sa mère, en la retenant, l'avait empêchée de dérober de la nourriture. Et s'il avait fini les provisions de la veille ? Et s'il mourait de faim ?

Enfin, la porte s'ouvrit. Betty, en le voyant, retint à grand-peine un cri d'effroi.

L'homme était couché à même le sol, enveloppé dans la couverture jusqu'au cou. En apercevant la silhouette à contre-jour, il sursauta tel un animal effrayé et voulut dissimuler son visage. Betty avait refermé la porte et se tenait près de lui. Elle entendait les battements désordonnés de son propre cœur et croyait entendre aussi les siens.

— C'est moi, n'aie pas peur.

Elle n'osait pas l'appeler par son prénom, elle ne savait pas quoi faire pour le rassurer.

Et puis, elle était pressée. Quelques minutes encore et elle serait vraiment en retard à l'école.

— S'il te plaît, réponds-moi.

L'homme, alors, très lentement, rabaissa la couverture, dévoila son visage, ses épaules.

Il faisait jour dans la cabane et Betty fut frappée par la couleur de ses yeux : un bleu très clair, comme délavé ; par l'intensité de son regard.

— La fille du docteur, murmura-t-il d'une voix basse et enrouée.

Betty avança lentement sa main vers lui. Lui, tout aussi lentement, dégagea son bras de la couverture et tendit vers elle une main tremblante, aux veines saillantes. Ses doigts, maigres et longs, effleurèrent ceux de Betty, une première fois, puis une seconde. Après, il laissa retomber son bras. Mais un vague et doux sourire éclairait son visage. Betty était bouleversée. Non seulement elle ne l'effrayait plus, mais il avait confiance. Le laisser là, seul, toute la journée, lui était très pénible : comme la veille au soir, quand elle avait éteint la lampe de poche, elle avait le sentiment de l'abandonner.

— Je dois m'en aller, dit-elle. Mais je reviendrai, je te jure que je reviendrai et que nous aurons du temps ensemble.

Elle aperçut le paquet de vivres et constata qu'il n'avait touché à rien.

— Tu dois manger.

Il secoua négativement la tête. Elle s'efforça alors de prendre un ton et un vocabulaire qu'elle jugeait plus fermes.

— Je t'ordonne de manger. Quand je reviendrai, tu devras avoir mangé plus de la moitié de ce que je t'ai apporté. Compris ?

— Froid, murmura-t-il.

— Je t'apporterai un chandail de papa.

L'anxiété, immédiatement, réapparut sur son visage tandis qu'il se redressait à demi.

— *Il* sait ?

— *Il* sait. Mais *il* ne te trouvera pas. Je te protège.

Betty avait récupéré sa bicyclette, calé le cartable sur le porte-bagages, entrouvert la porte de la cabane. Une dernière fois, elle se tourna vers lui. Il avait remonté la couverture jusqu'au menton et la fixait de son regard intense qui n'exprimait rien d'autre qu'une affreuse anxiété.

La journée n'en finissait pas. Betty était arrivée en retard à l'école, avait expliqué que sa mère l'avait retenue à la villa et personne ne lui avait adressé le moindre reproche. À la cantine, elle constata qu'un des deux frères, Bruno, manquait. Était-il malade ? Avait-il attrapé cette grippe qui commençait à sévir et retenait au lit quelques-unes de ses camarades de classe ? Raoul l'avait regardée avec insistance, comme pour la défier ou lui marquer son hostilité. Mais Betty était bien trop occupée à compter les heures, les minutes, pour faire attention à lui, pour se souvenir de ses méfaits. Elle ne cessait de penser à son fou dont elle s'exerçait mentalement à prononcer le prénom : Yvon. Et pour calmer un peu son impatience, elle se répétait : « Demain, c'est jeudi. Jeudi ! »

Des nappes de brume recouvraient la campagne, les premières de la saison. L'air était frais et piquant. Mais Betty pédalait avec tant d'énergie qu'elle ne sentait pas le froid. Les voitures, à cause de la brume, avançaient plus lentement, klaxonnaient avant de dépasser le groupe d'enfants. Betty, en réponse, faisait tinter sa sonnette.

En avançant dans l'allée, elle remarqua que le tas de feuilles mortes avait disparu : le malade jardinier était venu et l'avait enlevé. Betty s'en réjouit : il y avait peu de chances, désormais, que quelqu'un s'aventure au fond du jardin. Elle se rappelait que son fou avait eu froid et qu'elle lui avait promis un chandail. Elle posa sa bicyclette contre le mur de la cabane, frappa à la porte. Personne ne lui répondit. Elle frappa plus fort et s'autorisa à parler à haute voix puisqu'elle était seule :

— C'est moi. J'arrive tout de suite. Je vais juste chercher quelque chose pour toi.

Elle l'entendit distinctement bouger, se coller contre la porte.

— Tu as compris ? Si oui, cogne deux fois.

Il y eut un court instant de silence, puis il fit ce qu'elle lui avait demandé de faire. Il l'avait entendue, il avait répondu : le jeu reprenait.

Elle entra dans la chambre de ses parents et alla droit au placard réservé à son père. Quelques costumes étaient suspendus à des cintres. Sur la planche, au-dessus, se succédaient une pile de chemises et une pile de chandails. Elle se hissa sur la pointe des pieds et attrapa le premier à sa portée, un gris foncé, « de la même couleur que ses cheveux et ses sourcils », pensa-t-elle avec satisfaction.

En refermant la porte du placard, elle éprouva soudain un sentiment désagréable proche du remords. Un parfum de lavande se dégageait du chandail et évoquait si précisément son père qu'elle pouvait le croire présent dans la pièce. C'était comme s'il avait surpris son geste. Un peu décontenancée, elle contempla le chandail en épais shetland, avec des pièces en cuir aux coudes, puis se décida : « Je ne le vole pas, je l'emprunte. Je le rendrai après. » Ce qu'elle mettait derrière le mot « après », elle se refusait d'y penser. Et pour mieux rendre le mot dérisoire, pour mieux oublier ce qu'elle était en train de faire, elle se mit à chanter à voix haute une chanson qu'une de ses sœurs aînées écoutait souvent :

> *Il n'y a plus d'après*
> *À Saint-Germain-des-Prés*
> *Plus d'après-demain*
> *Plus d'après-midi*
> *Il n'y a plus qu'aujourd'hui.*

Rose sursauta quand Betty, toujours en chantant, le chandail de son père noué autour du cou, entra dans la cuisine. Elle était en train de préparer son goûter : un morceau de baguette et une barre de chocolat noir. Betty cessa de chanter, l'embrassa et, avec naturel :

— Aujourd'hui, j'ai atrocement faim… À la cantine, c'était dégueulasse, des trucs que tu n'imagines même pas…

Tout en lui parlant, elle s'était emparée de la plaque de chocolat et coupé un deuxième gros morceau de pain. Des gestes parfaitement synchronisés qui lui prirent quelques secondes. Rose la laissait faire, immobile, les bras ballants.

— Je sors, annonça Betty.

Rose balbutia alors quelques mots en lui désignant de façon désordonnée le fourneau, les casseroles et la direction de la salle à manger.

— Le dîner ? Bien sûr qu'on fera ça ensemble ! Je m'en vais un petit moment mais je reviens ! Tu as bien compris ?

Mais Rose la regardait de biais, d'une drôle de façon, comme si elle se méfiait. Cela lui ressemblait si peu que Betty, surprise et un peu inquiète, se demanda un bref instant si elle ne soupçonnait pas quelque chose. « Impossible », décréta-t-elle. Mais elle crut bon de répéter :

— Je reviens.

L'homme était debout quand elle entra dans la cabane en poussant sa bicyclette. Une fois encore, elle fut surprise par sa haute taille. Quand il se tenait droit, comme c'était le cas à cet instant, il la dominait complètement, c'est à peine si elle arrivait à la hauteur de ses épaules. Cela, tout à coup, l'intimida.

— Assieds-toi, lui dit-elle pour reprendre un peu d'assurance.

Il lui obéit et elle disposa le pain et le chocolat sur ses genoux.

— Notre goûter. Tu as mangé comme je te l'avais demandé ce matin ? J'espère bien, parce que sinon…

Elle ne connaissait pas la suite, elle parlait pour dissiper cette timidité, qu'elle continuait d'éprouver et qui la gênait. Peut-être cela venait-il de son calme à lui, de sa façon, plus directe et plus assurée, de la regarder. En fait, son fou avait l'air d'un homme normal, d'un homme comme tous les autres et elle était, elle, une gamine de douze ans.

Mais brusquement, sans qu'elle ait fait quoi que ce soit de particulier, le visage de l'homme se brouilla et l'anxiété réapparut. Il reniflait, en tournant très rapidement la tête à gauche et à droite, comme s'il cherchait à situer, dans l'espace clos de la cabane, une odeur particulière. Il tendit le bras et effleura de ses doigts longs et maigres le chandail que Betty portait autour du cou. Alors, elle comprit : il reconnaissait l'odeur de son père, son eau de Cologne à la lavande. Elle dénoua le chandail et le lui tendit. Mais il refusa de le prendre et se tassa sur la chaise, les bras collés contre le corps.

— C'est pour toi, insista Betty.

Il ne répondit rien et détourna la tête pour ne plus la voir. Elle hésitait. Devait-elle le lui faire porter de force ? Y renoncer ? Elle essayait de deviner ce qu'il éprouvait. Il semblait un peu moins anxieux, maintenant. Betty se déplaça de quelques centimètres afin de rencontrer son regard mais, toujours pour l'éviter, il baissa les yeux. Alors, elle improvisa, prête à s'interrompre au moindre geste de frayeur.

— J'ai pris ce chandail parce que tu m'as dit que tu avais froid. Il est pour toi…

Elle lui parlait à voix basse. En même temps, lentement, elle avait déposé le chandail sur ses épaules. Lui, demeurait parfaitement immobile, paralysé de peur, de timidité, Betty ne savait pas. Ensuite, avec les mêmes gestes lents et doux, mais en silence cette fois-ci, elle noua les manches du chandail par-dessus la veste en grosse toile bleu marine, boutonnée jusqu'au menton. Il sursauta et elle sursauta aussi. Sans le vouloir, elle avait effleuré son cou et ce n'était pas comme toucher ses mains, ses doigts : c'était beaucoup plus intime. Troublée, elle se recula précipitamment.

L'obscurité était presque totale dans la cabane. Betty alluma la lampe de poche et la posa sur le sol. Elle le voyait mieux, ainsi. Après de longues minutes d'immobilité, il parut se décider. Ses deux mains se levèrent pour aller se poser sur les manches nouées du chandail. Malgré sa tête penchée, Betty vit ses narines se dilater : il respirait l'odeur de son père. Dans le silence, elle entendit la chapelle sonner six coups, le passage d'un avion dans le ciel. Enfin il releva la tête et son regard inquiet chercha celui de Betty.

— *Il* sait ?

— Que j'ai pris un de ses chandails ? Non, *il* ne sait pas.

Et avec cette nouvelle autorité qui lui venait soudain sans qu'elle l'ait le moins du monde prévu et qui la laissait aussi étonnée que perplexe :

— Ici, c'est moi qui décide.

Maintenant, il la regardait avec un mélange de respect et de confiance, attendant qu'elle lui dise ce qu'il devait faire. Betty le comprit et en conçut une fierté immédiate : elle aimait qu'il s'en remette à elle, être celle qui conduit le jeu. Elle lui désigna le pain et le chocolat.

— On va goûter. Mange.

Betty avait tiré une bûche pour lui servir de siège. Il négligea le pain mais se jeta sur la barre de chocolat. Elle lui en donna une autre qu'il dévora tout aussi rapidement, et une autre encore jusqu'à la disparition entière de la tablette. Betty le regardait manger, fascinée. Quand il eut fini, il s'essuya les mains sur son pantalon et, en hésitant un peu :

— La fille du docteur, merci.

— Je m'appelle Élisabeth.

Elle avait hésité en déclinant sa nouvelle identité. Il ne parut pas avoir compris car il répéta :

— La fille du docteur.

Si elle désirait vraiment changer de prénom, c'était le moment de persister, de l'imposer. Elle se releva pour mieux le dominer et sur un ton qu'elle s'efforçait de rendre ferme :

— Je m'appelle Élisabeth, tu as compris ? Élisabeth !

— La fille du docteur.

— Élisabeth ! Dis-le après moi : É-LI-SA-BETH !

Betty s'énervait, sa voix montait dans les aigus. Ce brutal changement d'attitude l'effraya et il se colla contre le dossier de la chaise. Elle s'en aperçut immédiatement et s'en voulut : elle n'aurait pas dû se fâcher. Si son fou ne lui obéissait pas, c'est qu'il ne la comprenait pas. Elle réalisa alors qu'elle commençait à prendre goût au pouvoir qu'elle exerçait sur lui ; que c'était plus excitant que d'apprivoiser un petit enfant ou un animal. Le quart de six heures sonna au clocher de la chapelle et lui rappela que Rose l'attendait.

— Je dois y aller. Maman n'est pas là et c'est moi qui m'occupe du dîner.

Il se redressa si brutalement qu'il en renversa sa chaise. Il balbutiait des mots que Betty ne comprenait pas, agitait ses bras, désignait la porte. Il la dominait à nouveau de sa haute taille et c'était au tour de Betty d'avoir peur.

— Qu'est-ce que tu dis ? Je ne comprends pas !

Il parla plus distinctement, elle comprit et se sentit devenir écarlate. De honte, de confusion. Elle lui ouvrit la porte, s'effaça pour le laisser passer.

— Où ? demanda-t-il.

Elle fit un effort pour lui répondre car les mots lui coûtaient.

— De l'autre côté de la cabane, tu peux faire tes besoins…

Il sortit. Ses besoins. Pas une seconde elle n'y avait songé. Et cela faisait plus de vingt-quatre heures qu'il était enfermé. Elle découvrait soudain que son fou était un homme comme les autres. Et les autres fous de l'hôpital aussi. Un souvenir lui revint, net et précis : sa stupeur quand une de ses sœurs aînées lui avait appris que « les grandes personnes

110

aussi ont un derrière ». Elle avait quel âge ? Trois ans ? Quatre ? Mais une autre pensée la traversa, effrayante et douloureuse : « Et s'il ne revenait pas ? »

Il franchit le seuil d'un pas pressé, comme s'il avait hâte de se retrouver à l'abri. Betty en aurait ri de joie, de soulagement : il ne s'était pas enfui, il n'avait pas profité de cette soudaine opportunité pour quitter le jardin, rejoindre la route départementale. Et s'il ne l'avait pas fait, c'est qu'il ne le ferait pas une autre fois. Elle avait maintenant confiance en lui comme il semblait avoir confiance en elle : il s'asseyait sur la chaise, il lui souriait.

— Je ne vais pas t'enfermer à clef cette nuit. Tu dois pouvoir sortir si tu as envie…

Certains mots lui étaient impossibles à prononcer. Elle préférait demeurer dans le flou.

— La nuit, tu ne risques pas de rencontrer quelqu'un, mais enferme-toi quand même, on ne sait jamais, il y a des méchants, deux frères, tu ne peux même pas imaginer que ça existe des méchants pareils…

Elle le contemplait, attendrie par ce qu'elle supposait être son ignorance du monde ; forte de ses propres connaissances en la matière. Il l'écoutait, la bouche légèrement ouverte, les sourcils froncés par l'effort.

— Demain c'est jeudi et je ne vais pas à l'école. Je viendrai te voir, on aura toute la journée pour nous…

Elle vérifia qu'il restait suffisamment d'eau dans la gourde et qu'il avait encore de quoi se nourrir. Elle lui tendit la clef, il fit non de la tête.

— Prends, tu fermeras derrière moi. C'est facile : tu mets la clef dans la serrure et tu tournes.

Elle lui fit la démonstration, l'encouragea à l'imiter, ce qu'il fit sans difficulté. Elle le félicita et quand elle lui mit la clef dans la main, il l'accepta. Puis elle éteignit la lampe de poche et dans l'obscurité :

— Demain matin, je frapperai trois coups et je dirai : c'est moi, Élisabeth. Tu comprends ? Répète : Élisabeth.

— Élisabeth.

Il l'avait prononcé en murmurant, mais il l'avait fait ! C'était si inattendu, si nouveau, que Betty, aussi stupéfaite qu'émue, se figea, la main sur la poignée de la porte. Avait-elle bien entendu ? Personne encore ne l'avait appelée par ce prénom et elle n'aurait su dire, à ce moment-là, s'il lui convenait, s'il lui plaisait. Mais elle devait s'en aller.

— À demain, ferme derrière moi.

— Élisabeth !

Pour la deuxième fois, il avait employé son nouveau prénom. Betty y reconnut l'accent d'une prière et son émoi s'en trouva accru : il lui demandait de rester, de ne pas le quitter. Elle lui tournait le dos, la porte était entrouverte, elle savait qu'elle devait rejoindre la villa et pourtant elle hésitait. Alors, elle s'entendit prononcer :

— Yvon.

Sa réponse fusa, immédiate. Ce fut un rire bref, étouffé et joyeux : un rire d'enfant. Puis le silence et Betty sortit. Elle était si troublée qu'elle ne vérifia pas s'il fermait la porte derrière elle.

Rose partie, le dîner préparé, la table mise et tous les volets fermés, Betty, maintenant, guettait le retour de son père. Ses devoirs et ses leçons attendraient le lendemain, jeudi. Pour s'occuper, elle disposa les bûches dans la cheminée du salon et alluma le feu. Peut-être son père souhaiterait-il ne pas passer tout de suite à table et boire un whisky, comme cela lui arrivait parfois.

Agenouillée sur le tapis, Betty contemplait les flammes en laissant ses pensées vagabonder. Pour Noël, elle souhaitait que ses parents lui offrent un chien. Elle leur en avait déjà parlé, ils n'avaient dit ni oui ni non. Il fallait qu'elle revienne à la charge, qu'elle insiste. Il y avait un chenil pour chiens abandonnés dans les environs. Elle songeait aussi à son fou, qu'elle retrouverait le lendemain matin et qu'elle avait appelé par son prénom.

Son père rentra plus tôt que prévu. Betty l'entendit ouvrir et refermer la porte du vestibule, se débarrasser de son pardessus. Ces bruits, si familiers, dissipèrent aussitôt cette sensation d'étrangeté qu'elle éprouvait depuis qu'elle avait quitté la cabane pour la villa. Elle en avait presque oublié que, ce soir, elle avait son père pour elle toute seule.

— Papa ?

— Chérie ?

Il la rejoignit dans le salon, Betty se leva et il la prit dans ses bras. Un baiser sur le front, une caresse sur la nuque et il s'installa dans l'un des deux fauteuils, devant la cheminée.

— Bonne idée, le feu, dit-il.

Il paraissait fatigué et distrait mais Betty ne s'en inquiéta pas. Elle savait que son père ne parvenait pas toujours à s'arracher à ce qu'il avait vécu dans la journée, à l'hôpital ; il lui fallait une demi-heure environ pour se retrouver de plain-pied avec les siens.

— Comme ta mère n'est pas là pour me le reprocher, je prendrais volontiers un whisky. Tu saurais me le préparer ?

— Bien sûr ! Avec de la glace. Pas d'eau.

Betty triomphait : leur soirée ne pouvait mieux commencer. Elle sortit d'un pas dansant et revint de même. Puis elle se laissa gracieusement glisser le long du fauteuil de son père et atterrit en tailleur. Pour qu'il ne lui fasse aucune remarque, elle lissa avec précautions les plis de son kilt.

— Quoi de neuf, aujourd'hui ? demandat-elle sans réaliser qu'elle posait la question que n'aurait pas manqué de poser sa mère.

— Il semble que Khrouchtchev accepte de retirer ses fusées. Ce n'est pas encore signé.

— Donc, une guerre mondiale est toujours possible ?

Il se détourna du feu et contempla sa fille, à la fois surpris et amusé.

— Qu'est-ce que tu as ? Tu parles comme

ta mère ? Tu veux prendre sa place ? Mais la tienne est très bien, tu sais !

Elle posa sa tête sur ses genoux. Il but une gorgée de whisky et de sa main libre caressa les cheveux de sa fille.

— Mon numéro cinq, dit-il rêveusement. Mon gentil petit numéro cinq…

Betty le laissait faire en retenant son souffle, complètement abandonnée au bonheur du moment, suspendue à ses paroles.

— À propos de ta mère, je l'ai eue au téléphone juste avant qu'elle ne parte à son concert. Elle a vu cet après-midi *Le Jour le plus long* et elle dit que c'est très bien fait. Samedi, on pourrait aller voir le film avec ta sœur si…

Il n'acheva pas sa phrase et se tut. Il ne caressait plus la tête de Betty et buvait lentement son whisky. Elle vit son visage soudain fermé, les rides sur le front.

— Si ? répéta-t-elle.

Son regard maintenant soucieux revint sur sa fille. Il la scrutait comme s'il hésitait à lui répondre. Betty lui opposait son visage placide et son demi-sourire innocent. Cela parut le décider.

— Si on retrouve mon malade disparu.

116

J'ai dû appeler la police… Une enquête est en cours…

Betty se figea avec la douloureuse sensation que son cœur s'arrêtait de battre. Depuis que son père et elle se trouvaient au salon, devant la cheminée, c'était comme s'ils étaient seuls au monde. Elle en avait oublié l'existence de son fou.

— Je suis très ennuyé. C'est la première fois que je dois faire appel à la police. Les autres évadés, on les a toujours retrouvés à temps. Mais celui-là, il s'est évaporé dans la nature ! À croire que quelqu'un l'a pris en stop. Il est peut-être à l'autre bout de la France ou même à l'étranger. Et alors là, pour le retrouver…

Tout à son récit, il ne vit pas sa fille se raidir puis se ramasser sur elle-même. Au comble de l'angoisse, Betty comprenait, pour la première fois, que son père avait de graves problèmes et qu'elle en était responsable. Cette découverte l'anéantissait.

— À quoi tu joues enroulée comme ça ? Tu mimes un animal ? Un petit chat ?

Betty était incapable de réagir. Elle avait le sentiment que si son père voyait son visage, il comprendrait tout, qu'elle serait démasquée. Lui, continuait à se méprendre.

— Un petit chien ? C'est pour me rappeler que tu en veux un pour Noël ?

Elle tressaillit, sans répondre, sans se relever. Il lui donna une tape comme il l'aurait fait à un animal familier.

—Arrête ce jeu, tu l'auras, ton chien. Je saurai trouver les arguments pour convaincre ta mère. Un : ça te fera de la compagnie, deux…

Il la souleva de force et la scruta avec amusement.

— Deux, on verra plus tard. Pour l'instant, je te rappelle que ta mère t'a chargée de t'occuper de notre dîner. Au boulot !

Après le dîner, ils regagnèrent, comme chaque soir, le salon. Betty s'activait pour ranimer le feu. Auparavant, elle avait suivi scrupuleusement les indications de sa mère et le désir de bien faire l'avait emporté sur ses frayeurs. Félicitée par son père, elle les avait même à nouveau oubliées. Maintenant, assis dans son fauteuil, il s'apprêtait à fumer sa dernière cigarette de la journée avec des mines de chat gourmand.

Dehors, il s'était mis à pleuvoir très fort.

Des rafales de vent frappaient les volets. Betty repensait à son fou. Elle ignorait l'état de la toiture de la cabane. Mais elle imaginait que, de toute façon, ce devait être terrifiant d'être enfermé, dans le noir, tandis qu'à l'extérieur les éléments se déchaînaient. L'idée que son fou serait peut-être mieux à l'abri dans son pavillon de l'hôpital l'effleura. Elle ne s'y attarda pas : c'était lui qui avait choisi de s'évader, elle n'avait fait que lui venir en aide en lui trouvant une cachette. Ce qu'elle avait ressenti avant le dîner — l'impression d'agir contre son père — s'était considérablement estompé. Il y avait désormais deux mondes bien distincts que rien ni personne ne pouvait réunir : celui de la villa et celui de la cabane. Elle avait oublié l'intervention de la police. D'ailleurs son père se comportait comme tous les soirs, comme toujours. Elle le contemplait avec satisfaction pendant qu'il tirait les dernières bouffées de sa cigarette et feuilletait les pages du *Monde*, sans s'attarder.

— Une partie de mikado ? proposa-t-elle.

— Pourquoi pas ? Mais une seule. Ce soir, j'ai du travail.

Ils s'installèrent de part et d'autre de la table de bridge et commencèrent à jouer.

Dehors, les rafales de vent semblaient s'être calmées et seul le bruit de la pluie venait troubler le silence concentré du père et de sa fille. Il en fit la remarque :

— Ça nous change du Mendelssohn de ta mère. Quelle quiétude…

Comme pour le démentir retentit alors la sonnerie du téléphone. Le père de Betty se leva si précipitamment pour répondre qu'il envoya valdinguer plusieurs bâtonnets du mikado. Betty, sur le point de gagner, ne put retenir son juron favori : « Merdum ! » Mais dès les premières paroles de son père, elle se figea, pétrifiée.

— Oui, un mètre quatre-vingts… Des cheveux gris… Des yeux clairs. Non…

— …

— Non, pas de tatouage sur le dos… Non, je suis formel… Je vous ai signalé des cicatrices très caractéristiques au poignet gauche…

— …

— Caractéristiques de quoi ? De quel-qu'un qui s'est tailladé les veines ! Vous n'avez jamais vu ça ? Eh bien tant pis, mais ça n'a rien à voir avec un tatouage ! L'homme que vous avez ramassé n'est pas mon malade…

— …

120

— C'est ça, continuez à me tenir au courant. Mais je vous en prie, ne m'appelez pas pour n'importe quoi. J'ai des journées difficiles et j'ai besoin de mes nuits pour récupérer.

Il raccrocha et demeura quelques minutes de dos, sans bouger. Betty, le regard fixé sur lui, attendait la suite. Ce qu'elle avait entendu l'avait atteinte si violemment qu'elle en avait du mal à respirer. Le silence, heureusement, ne se prolongea pas. Son père, de retour à la table de jeu, esquissa à l'intention de sa fille un sourire forcé.

— Je n'aurais pas dû m'énerver. Mais ces flics sont des buses, de véritables buses ! À chaque vagabond coffré, ils sont capables de m'appeler pour me dire qu'ils ont mis la main sur...

— Yvon ? l'interrompit Betty sans réfléchir.

Était-ce la fatigue ? Il ne parut même pas s'étonner de la question si précise de sa fille.

— Oui, Yvon.

Il se mit à rassembler les bâtonnets et à les ranger dans leur boîte comme s'il était évident que la partie de mikado était terminée. Encore bouleversée par la conversation entre son père et la police, ayant perdu le sens de ce qu'il convenait de dire, Betty se laissa soudain emporter par une formidable curiosité.

— Parle-moi d'Yvon. C'est quoi, sa maladie ? D'où vient-il ? Depuis combien de temps est-il à l'hôpital ? Raconte, papa, raconte…

— Non, Betty, non.

La réponse, nette et précise, n'avait pas tardé. Son père avait réussi à maîtriser son impatience. Il ignora le regard suppliant de Betty, quitta sa chaise et l'aida à se relever. Ses gestes étaient empreints d'une grande fermeté et elle se laissa entraîner vers sa chambre.

— Tu sais l'heure qu'il est ? Dix heures et demie passées… Si ta mère te voyait encore debout, qu'est-ce que je prendrais ! Alors tu vas faire ta toilette et te coucher bien gentiment. Moi, je vais travailler sur mon dossier.

Il ouvrit la porte de sa chambre, l'embrassa sur le front.

— Demain, c'est jeudi, profites-en pour dormir plus longtemps. Moi, j'ai un rendez-vous très tôt. Bonne nuit, ma petite chérie.

Comme un automate, Betty fit sa toilette, se déshabilla et se coucha. Les deux mondes avaient cessé d'exister séparément et s'étaient fondus en un seul. Maintenant elle se retrouvait perdue, sans le moindre point de repère. Elle songeait à son fou qui s'était « tailladé les veines » ; à la police qui arrêtait d'innocents vagabonds ; à son père, enfin, à qui elle mentait pour la première fois de sa vie et qui, à cause d'elle, avait des problèmes. Elle était devenue indigne de sa tendresse, de sa confiance. Il imaginait son fou « à l'autre bout de la France, peut-être à l'étranger », alors qu'il se trouvait à côté de la villa, dans la cabane au fond du jardin. À cause d'elle. Le poids de sa culpabilité l'écrasait. Un bref instant l'idée lui vint de se relever et d'aller tout lui avouer. Mais non, c'était trop tard, c'était bien avant qu'elle aurait dû lui parler. Et se superposait à l'image de son père l'image de son fou, Yvon, avec son regard clair si intense, son visage anxieux. Qu'il se soit « tailladé les veines » la bouleversait. Betty, depuis la mort de la star de cinéma américaine, Marilyn, savait que les êtres humains pouvaient « se suicider ». Son pauvre fou, comme il avait dû souffrir pour en arriver là ! Elle pensait aux liens qui s'étaient tissés entre elle et lui, au début de ce qu'elle n'hésitait plus à nommer leur « amitié ». Elle devait le protéger, l'entourer de soins et d'affection. Un peu apaisée, elle crut qu'elle allait enfin pouvoir s'endormir, mais non. Revenait maintenant l'image de son père. Et une voix en elle, mais qui n'était pas elle, soudain l'accusa : « Tu le trahis ! »

Betty, tremblante, se redressa sur son lit. L'obscurité dans la chambre était presque totale et seul le bruit de la pluie apportait un semblant de vie. Alors, comme elle l'avait déjà fait auparavant, quand des pensées terrifiantes la submergeaient, elle invoqua ce qui lui avait fait peur jadis et qu'elle était parvenue à apprivoiser : *Fantômas*. Elle se recoucha et, à voix haute et à toute vitesse, récita :

— *Fantômas !*

— *Vous dites ?*

— *Je dis Fantômas…*

— *Cela signifie quoi ?*

— *Rien et tout.*

— *Pourtant, qu'est-ce que c'est ?*

— *Personne, mais cependant quelqu'un.*

— *Enfin, que fait-il ce quelqu'un ?*

— *IL FAIT PEUR.*

Betty s'endormit, vaincue par le sommeil.

JEUDI

Betty s'éveilla d'un coup et s'aperçut avec effroi qu'elle avait dormi plus longtemps que prévu : son réveil indiquait dix heures. Elle fit une rapide toilette, enfila ses vêtements de la veille — un kilt, un collant et un chandail vert bouteille — et noua à la va-vite ses cheveux en queue-de-cheval. Il ne restait plus grand-chose de ses tourments de la veille. Elle avait hâte de rejoindre son fou, de lui apporter de quoi se nourrir.

Mais auparavant elle devait prendre son petit déjeuner que Rose lui servit dans la salle à manger. Betty but le chocolat et mangea deux tartines en guettant ses va-et-vient. Rose ne semblait pas vouloir quitter la pièce et, comme la veille, la regardait de biais, avec ce drôle d'air méfiant maintenant teinté de crainte. Betty savait que Rose, par

de mystérieux chemins, comprenait et partageait parfois ses émotions. Elle en conclut
que Rose avait senti un changement, quelque
chose d'anormal qui la concernait, elle,
Betty. « Mais elle ne peut pas avoir deviné la
vérité… Elle n'est jamais allée dans ma
cabane. » Betty s'énervait. En plus, elle perdait du temps.

— Tu n'as pas de ménage à faire ? Pourquoi tu restes là, plantée devant moi ?

Rose hésita un peu puis se décida enfin à
quitter la salle à manger. Betty fonça dans la
cuisine et prépara à la hâte un gros sandwich au rôti de bœuf froid, agrémenté de
cornichons. Elle prit aussi une pomme, une
banane et une nouvelle plaque de chocolat.
Restait la boisson. Dans le réfrigérateur, elle
trouva une bouteille de jus d'orange. Elle
enfouit le tout dans un sac et se rappela brusquement l'existence de ses lapins : quelques
carottes furent rajoutées.

Dehors, il faisait frais mais beau. Le ciel,
très bleu et sans nuages, donnait des envies
de chanter. Les dernières feuilles, arrachées
par le vent de la veille, recouvraient le sol
encore trempé par la pluie.

Betty s'arrêta devant le clapier et, à travers

le grillage, fit passer les carottes. « Petits, petits… » Les lapins se pressèrent contre le grillage et de leur museau cherchèrent les doigts de leur maîtresse. Ils étaient si heureux de la voir qu'ils en oubliaient de manger ! Betty, attendrie, poursuivait sa litanie : « Petits, petits… » En même temps, elle regardait à gauche, à droite, de façon à s'assurer qu'elle était seule dans le jardin. Elle l'était et c'est fermement qu'elle cogna, trois fois de suite, à la porte de la cabane. Elle l'entendit se mouvoir à l'intérieur, se rapprocher.

— C'est moi, Élisabeth.

Elle s'était nommée sans hésiter, comme si de tout temps elle s'était appelée ainsi. Mais il tardait à lui répondre et elle s'impatienta.

— Élisabeth ! Ouvre !

Il farfouilla un instant dans la serrure, puis la porte s'ouvrit de quelques centimètres. Elle aperçut sa main, longue et maigre, et un peu de son visage.

— La fille du docteur, dit-il d'une voix rauque.

Le front de Betty se plissa de contrariété et il rectifia aussitôt :

— Élisabeth.

— Tu me laisses entrer ?

Il tira la porte vers lui et Betty se faufila à l'intérieur. Sans même qu'elle le lui demande, il referma la porte et donna un tour de clef. Betty vit tout de suite que quelque chose avait changé : son fou avait mis un semblant d'ordre. À l'aide d'emballages en carton, il s'était même fabriqué une étroite couchette sur laquelle, soigneusement pliée en quatre, il avait déposé la couverture de sa sœur Agnès.

— Tu t'es installé, dit-elle admirative, tu sais que tu es ici chez toi.

Elle attendit de sa part une réponse qui ne vint pas et choisit de ne pas insister. Elle lui désigna la chaise et il s'assit.

— Faim, dit-il.

Betty déballa ses provisions et lui tendit le sandwich. Puis elle s'installa sur la bûche et le regarda manger. Contrairement à la veille, il prit son temps, se débarrassant du plat de la main des miettes qui tombaient sur sa veste, pour une fois ouverte. Betty s'aperçut alors qu'il portait le chandail gris de son père en dessous et cela lui causa une drôle de sensation qu'elle n'eut pas le temps d'analyser car, pour la deuxième fois, il demandait :

— Soif.

Il tenait la bouteille de jus d'orange inclinée au-dessus de sa bouche et Betty vit son poignet. Et tout de suite elle mit un nom sur les marques bizarres qu'on aurait dites imprimées sur sa peau : c'étaient des cicatrices. Son fou s'était « tailladé les veines », comme elle avait entendu son père le déclarer à la police, et ce qu'elle venait fugitivement de voir en était la preuve. Elle en conçut un brutal chagrin. Son fou avait souffert, souffrait encore. Que pouvait-elle espérer lui offrir ? Comment le consoler ? Elle ignorait tout de lui, de son mal, de sa douleur.

— Élisabeth ?

Il avait terminé le sandwich, déposé à ses pieds la bouteille de jus d'orange et, bien assis sur la chaise, la fixait de son regard clair et intense, où, pour la première fois, Betty crut déceler de la reconnaissance et de l'affection. C'était si inattendu, si loin des pensées noires qui l'agitaient, qu'elle lui tendit la main. Il s'en saisit aussitôt et la serra avec une telle force qu'elle en grimaça de surprise et de douleur. Tout aussi rapidement, il lâcha sa main.

— Élisabeth, pardon.

Il lui souriait sans retenue, franchement.

— Yvon ? dit-elle en hésitant sans savoir s'il supporterait de s'entendre appeler par son prénom.

Il pointa son doigt maigre contre sa poitrine et confirma :

— Yvon.

Puis il le tourna en direction de Betty :

— Élisabeth.

— Yvon comment ?

Le même sourire éclairait son visage mais il ne répondit pas.

— Tu as bien un nom de famille ? Moi, j'en ai un, tout le monde en a un ! Alors, Yvon comment ?

Mais cette question, soit il ne la comprenait pas, soit elle ne l'intéressait pas car, sans cesser de sourire, il lui dit :

— Dans la nuit… des gens…

C'était au tour de Betty de ne pas comprendre. Elle se demanda s'il lui proposait un jeu, une sorte de devinette, ou s'il s'agissait là de « paroles de fou » comme elle en avait entendu depuis toujours. Les fous, souvent, procédaient par énigmes, tenaient des propos mystérieux, dont les autres, les « normaux », ne possédaient pas la clef. Son père, parfois, parvenait à décoder leur langage. Mais Betty, elle, n'y arrivait pas. Elle ignorait même dans quelle direction chercher, les questions qu'il convenait de lui poser.

— Dans la nuit… des gens…

Il balbutia ensuite des fragments de phrases d'où émergeaient les mots « nuit », « gens », « voiture », « *il* ». Il continuait à fixer Betty et semblait convaincu qu'elle finirait par le comprendre. Cette certitude provoqua chez elle comme une illumination.

— La nuit… hier soir, quand je t'ai laissé pour préparer le dîner, tu es sorti…

Aussitôt, il fit oui de la tête.

— Tu as quitté la cabane et tu as vu « dans la nuit, des gens »… Combien ?

Il parut se concentrer pour mieux se souvenir. Betty se tut afin qu'il lui livre lui-même la réponse. Mais comme il tardait et qu'elle croyait avoir deviné, elle suggéra, doucement, pour ne pas le bousculer :

— Deux ? Deux garçons de mon âge… ?

Son visage s'illumina de joie et ses lèvres s'avancèrent pour prononcer :

— Oui.

Betty pensa que cet interrogatoire, pour lui, était un jeu et, toujours doucement, poursuivit :

— Deux garçons de mon âge… dans mon jardin ?

Il applaudit en riant, visiblement heureux de la voir reconstituer la scène avec tant de justesse. Pour Betty, tout était devenu clair et cela, hélas, n'avait rien à voir avec un jeu : ses bourreaux, Raoul et Bruno, s'étaient introduits chez elle pour la persécuter de nouveau. Qu'avaient-ils fait ? Quelle affreuse surprise l'attendait quelque part ? Son fou s'était penché vers elle et, avec des mots qui se bousculaient, tentait de lui raconter la suite. Là, elle le comprit immédiatement.

— *Il* est arrivé au volant de sa voiture ? *Il* l'a garée devant le portail et *il* est entré dans le jardin… Et parce qu'*il* était de retour, les deux garçons se sont enfuis.

Yvon l'approuvait avec enthousiasme, tout à la joie de parvenir à communiquer avec elle. Betty tentait d'analyser l'information qu'il lui avait livrée : le retour des deux frères. Il y eut entre eux un long silence.

— *Il* sait ? demanda-t-il brusquement.

Betty, inquiète, répondit avec un brin d'impatience.

— Bien sûr, qu'*il* sait ! Je te l'ai dit hier.

— *Il… il… il…*

Betty le contemplait avec un peu d'irritation et beaucoup de pitié. Elle ne pouvait pas lui dire la vérité ! Et puis, à cet instant, la menace se trouvait du côté des deux frères, pas de son père. Il fallait qu'elle lui explique, qu'elle le mette en garde.

— *Il* n'est pas très content. *Il* te cherche, mais très loin d'ici. Ne te fais pas de souci, je suis là, je veille sur toi.

Aussitôt, il parut se calmer et Betty fut troublée de constater, une fois de plus, le pouvoir qu'elle exerçait sur lui et cette étrange satisfaction que cela lui procurait. Elle lui tendit la main, il la prit, la serra délicatement, et la garda dans la sienne. Elle poursuivit :

— Les deux garçons que tu as vus sont très, très dangereux… très, très méchants avec moi. Ils me font des choses atroces… tu dois te méfier d'eux. Je t'enfermerai à clef tout à l'heure et, ce soir, ce sera à toi de le faire. Si tu oublies, ils peuvent entrer dans la cabane et alors…

Betty avait beau s'exprimer avec gravité,

accompagner chacune de ses paroles de mimiques significatives, rien dans son récit ne parvenait à l'impressionner. Il l'écoutait avec le même plaisir heureux que si elle lui racontait un conte de fées ou ses vacances au bord de la mer. Sans se décourager, elle reprit tout depuis le début, décrivit chaque méfait des deux frères. Se livrer ainsi, se souvenir de tous les détails et les lui narrer, lui faisait un bien dont elle était consciente. Enfin, elle pouvait parler, enfin elle partageait son secret avec quelqu'un.

— La dernière fois… dimanche… ils ont déposé sur le rebord de ma fenêtre la tête d'un écureuil…

Son sourire, toujours aussi heureux et paisible, l'incitait à être plus explicite : il devait comprendre le danger que pouvaient représenter pour lui les deux frères mais aussi ce qu'elle avait enduré. Et puis compatir, si possible, puisqu'elle avait fait de lui son confident.

— Une tête… avec du sang partout. Ils avaient attrapé un pauvre petit écureuil et lui avaient coupé la tête… Tu me comprends ?

Sans se départir de son sourire, il lâcha sa main et, avec une précision parfaite, mima

136

le geste de se trancher la gorge. Betty, brusquement, eut peur. Son fou lui parut tout à coup dangereux, peut-être plus dangereux que les deux frères. Elle se releva, prête à bondir vers la porte. « Les fous sont capables de tout », avait-elle entendu dire. Et à cet instant, elle était prête à en convenir : en faisant le geste de se trancher la gorge, son fou avait eu un geste d'assassin.

— Élisabeth ?

Il l'appelait, très calme, avec dans le regard non plus ce curieux plaisir qui l'avait effrayée mais un étonnement naïf. Elle se ressaisit aussitôt. Qu'était-elle allée imaginer ? Son fou, un assassin ? Yvon ? Il tendait son bras vers elle pour l'inciter à revenir s'asseoir à côté de lui, sur la bûche. À cause du soleil qui éclairait l'intérieur de la cabane, elle revit les cicatrices sur le poignet gauche. Son fou ne ferait pas de mal à une mouche, ne trancherait la gorge de personne, d'aucun animal. Il ne s'en prenait qu'à lui-même.

Betty était en pleine confusion. Des gouttes de sueur perlaient sur son front, conséquence de la peur absurde qu'elle avait ressentie. Elle s'essuya maladroitement le visage avec la main et le ruban qui retenait sa queue-de-cheval se défit et tomba par terre. Aussitôt, il s'en empara. Betty pensait qu'il allait le lui tendre, mais non : il gardait le ruban dans son poing fermé et la fixait avec l'air d'un enfant buté.

— Tu le veux ? demanda Betty.

— Je le veux.

— Eh bien, il est à toi, je te le donne.

Elle entendit alors une voiture se rapprocher de la villa et se garer près du portail : sa mère était de retour de Paris. Betty, affolée, consulta sa montre. Il était plus de midi, elle n'avait pas vu le temps passer, ni entendu sonner la cloche de la chapelle. Sa mère, ne la trouvant pas, allait la chercher, peut-être prévenir son père. Elle devait rejoindre immédiatement la villa.

— Maman est là, je file !

Elle eut un bref regard vers lui. Il tenait le ruban dans son poing fermé, paisible, lointain, comme si son esprit, tout à coup, s'était réfugié ailleurs. Mais elle n'avait plus le temps de tenter de déchiffrer ce changement de comportement.

— Je t'enferme et je reviens… dans l'après-midi…

Un tour de clef et Betty courait vers la

villa. Ses longs cheveux bruns dénoués flottaient sur ses épaules.

Betty et sa mère déjeunèrent en tête à tête, servies par Rose. Auparavant, Betty avait tenté d'obtenir de garder ses cheveux dénoués mais sa mère avait été formelle : sa fille devait « en toutes circonstances être soigneusement coiffée ». Betty avait cédé et s'était refait une queue-de-cheval : un ruban en velours vert bouteille, de la même couleur que son kilt et son chandail, remplaçait désormais le ruban écossais.

Durant le déjeuner, Betty écouta sa mère lui raconter *Le Jour le plus long*. Elle avait le sens du détail et Betty finit par s'intéresser à cette histoire de débarquement. Une séquence l'amusa particulièrement et elle pria sa mère de la raconter une deuxième fois. Celle-ci accepta avec bonne humeur.

— Nous, les spectateurs, savons que les Alliés vont débarquer, les Allemands aussi, mais ils ignorent quand exactement. Ils sont plusieurs à surveiller l'horizon. L'un d'entre eux fixe avec ses jumelles, la nuit, la mer. Rien. Et tout à coup, qu'est-ce qu'il voit ? Des centaines de sous-marins qui émergent ! Panique ! Il appelle ses camarades. « Ils sont là ! Des milliers ! Ils viennent ! — Où ? demande l'autre mal réveillé. — Sur moi ! Sur moi ! » hurle le soldat de garde.

Betty et sa mère quittèrent la salle à manger pour le salon où Rose avait servi le café. À peine étaient-elles installées que le père de Betty les rejoignit. Son apparition la troubla. Elle craignait qu'il ne parle de l'évasion de son malade et qu'il s'aperçoive de son malaise. Cela, en effet, ne tarda pas. Il évoqua les recherches infructueuses de la police, les avis lancés à travers la France. Il déploya à l'intention de sa femme le quotidien régional avec une photo en première page. Betty ne put s'empêcher d'y jeter un coup d'œil. Oui, c'était bien lui, Yvon, son regard intense et ses épais sourcils. Il paraissait un peu plus jeune. De quand datait la photo ? Betty aurait bien aimé le savoir. Son père replia le journal.

— Si quelqu'un l'héberge sans connaître sa véritable identité, il se sentira maintenant obligé de le dénoncer, dit-il. Les gens ont peur des malades mentaux, des « fous »

140

comme ils disent… Ils n'ont jamais compris que ceux que je soigne sont rarement dangereux. Mon fuyard, par exemple…

Betty ne put en supporter davantage et se leva.

— Je vais faire une balade à bicyclette.

Sa mère la rattrapa par un pan de son kilt.

— Halte-là ! Ce soir nous avons des amis à dîner et même si tu ne dois apparaître que pour l'apéritif, je tiens à ce que tu sois élégante. Tu ne mettras pas les vieux vêtements de tes sœurs, je vais t'en offrir des neufs… Une nouvelle boutique vient d'ouvrir en ville, avec des prix de lancement très intéressants…

— Mais, maman…

— N'insiste pas, c'est comme ça. Nous partons dans cinq minutes, le temps de terminer mon café et de voir deux ou trois détails avec ton père. Alors, s'il te plaît, fais-nous le plaisir de te rasseoir et d'être patiente.

Betty obéit, catastrophée. Sa journée était fichue, elle ne pourrait pas la passer, comme prévu, dans la cabane. Celui qu'elle n'appelait plus son fou mais Yvon allait l'attendre, s'effrayer de son absence, paniquer peut-être. Son père, pour l'amadouer, tenta une caresse qu'elle esquiva en se jetant de côté.

— Mon Dieu, Betty, qu'est-ce que c'est que ce cinéma ? Déjà hier soir… Ça ne te va pas du tout ! Betty ? Tu m'écoutes ?

Elle détourna la tête sans lui répondre. Il la contempla un instant en silence, puis :

— Qu'est-ce qui ne va pas, Betty ?

— Rien, tout va bien, dit-elle en s'efforçant, cette fois, de le regarder en face.

Sa mère alors intervint :

— Dans ce cas, tu nous fais une autre tête. Tu vas voir, on va beaucoup s'amuser, toutes les deux, dans la boutique.

Betty ne s'amusa pas. D'abord il lui fallut attendre que sa mère se prépare et cela lui parut invraisemblablement long. Ensuite, ce fut la voiture qui eut du mal à démarrer et les retarda encore plus. Betty affichait une mauvaise humeur tenace que sa mère feignait d'ignorer et qui dura jusqu'aux premiers essayages. Elle enfila deux robes en velours qu'elle refusa aussitôt et une jupe grise dite « plissé soleil » qui commença à lui plaire. Sa mère lui conseilla d'y associer un chemisier blanc, un cardigan bleu ciel et un nouveau collant, du même gris que la jupe. Ainsi parée, Betty fut enfin satisfaite. L'image que lui renvoya le miroir acheva de la séduire et elle sauta au cou de sa mère pour la remercier. Puis, sur les conseils de la vendeuse, elle virevolta dans la boutique et fut enchantée de découvrir que la jupe plissé soleil épousait le moindre de ses mouvements. Contre la promesse de ne pas se salir, elle obtint la permission de garder sur elle ses nouveaux vêtements.

Mais une fois dehors, une mauvaise surprise l'attendait. Sa mère n'avait aucune intention de regagner la villa : elle avait des courses à faire en prévision du dîner et la liste qu'elle sortit de son sac était décourageante. « Mon jeudi est fichu, fichu… », se lamenta Betty.

Il faisait nuit quand elles regagnèrent la villa, le clocher de la chapelle venait de sonner la demie de six heures et Rose repassait dans la cuisine. Betty en piaffait d'impatience. Il lui fallait filer à la cabane, nourrir Yvon, le réconforter et lui donner la clef afin qu'il puisse entrer et sortir à sa guise et surtout s'enfermer.

La clef à la main, elle passa devant le salon où sa mère confectionnait des bouquets de fleurs. Auparavant, elle avait réussi à dérober une boîte de macarons qui devait accompagner la glace au café du dessert. « Maman pensera qu'elle les a oubliés à la pâtisserie », avait-elle décidé avec insouciance. Sur le point de sortir, elle cria :

— Mes lapins, j'ai oublié de les nourrir !

Elle cogna, s'annonça et entra précipitamment. La cabane était plongée dans l'obscurité.

Tout d'abord, elle ne le vit pas, puis elle distingua sa silhouette prostrée sur ce qu'elle devinait être sa couchette en carton. « C'est moi, Élisabeth », dit-elle en refermant la porte. Et comme il ne réagissait pas : « Yvon ? » Elle alluma la lampe de poche en prenant soin de ne pas braquer sur lui le faisceau lumineux. Il s'était enveloppé dans la couverture et la fixait comme s'il ne la reconnaissait pas. Betty en fut si désemparée qu'elle demeura un instant immobile et silencieuse, à guetter un signe de lui. Mais rien ne vint, c'est à peine si elle l'entendait respirer : une respiration faible, irrégulière. Elle se décida à faire un pas vers lui et, d'une voix suppliante : « Yvon, ne fais pas comme si je n'existais pas… C'est moi, Élisabeth… Yvon… » Son regard éteint fut traversé d'une lueur et retrouva fugitivement un peu de son intensité. « Élisabeth… la fille du docteur », articula-t-il avec peine. « Oui, la fille du docteur », répéta Betty prête à tout pour renouer le contact avec lui. Il se redressa de quelques centimètres et la fixa d'un regard désespéré. On aurait dit qu'il peinait à la reconnaître, hésitait, doutait, et que cette incertitude le faisait horriblement souffrir. Betty déposa sur le sol la boîte de macarons et la lampe de poche et s'assit près de lui en évitant de le toucher. Elle le regardait de biais et ce qu'elle voyait la désespérait à son tour : il était absent, enfermé en lui-même, emmuré. Ce n'était plus l'homme qu'elle avait côtoyé trois jours durant. Sans prise aucune sur ce qu'elle vivait là, elle se mit à pleurer. Les larmes coulaient le long de ses joues et venaient s'écraser sur le cardigan bleu ciel tout neuf.

— Pourquoi tu pleures ?

Le son de sa voix la fit sursauter. Il la contemplait, incrédule et curieux, et son regard était à nouveau celui d'un être vivant. Betty n'osait pas croire à ce revirement et continuait de pleurer, incapable de s'arrêter, de lui répondre. Il approcha sa main de son visage et, de ses longs doigts maigres, essuya les larmes sur ses joues. Ses gestes délicats ressemblaient à des caresses et Betty, peu à peu, cessa de pleurer. Cette attention à son égard, si rapide, si douce, achevait de la troubler. Les rôles s'étaient inversés. Ce n'était plus elle qui prenait soin de lui, qui menait le jeu, c'était lui. Elle aurait aimé qu'il la tienne dans ses bras, qu'il la berce, qu'il la console. Elle aurait aimé se laisser aller contre lui.

« Ce n'est pas ton père… Ce n'est pas ta mère… » La voix en elle n'eut pas besoin d'en dire plus, Betty cessa de pleurer et la main d'Yvon se retira. Un moment s'écoula durant lequel ils s'observaient en silence, fascinés l'un par l'autre. Betty, encore effrayée, redoutait de le voir s'absenter, redevenir un étranger. De fait, dans son regard intense, quelque chose hésitait, semblait près de s'éteindre.

— Tu ne m'as vraiment pas reconnue tout à l'heure ou tu faisais semblant ?

146

Il détourna la tête comme pour échapper à cette question. Betty la renouvela une deuxième, puis une troisième fois. Il gémit et porta ses mains à ses oreilles signifiant par là qu'il ne voulait plus l'entendre. Et brusquement, il se mit à trembler. « Je suis malade », crut entendre Betty. Elle contemplait, accablée et impuissante, le corps agité de frissons, les yeux maintenant obstinément fermés, le visage douloureux. Alors, sans réfléchir davantage, elle fit comme son père faisait avec Rose : elle passa ses bras autour de ses épaules et lui chuchota : « C'est fini, Yvon. Tu as eu une crise, mais c'est fini. » Les tremblements s'espacèrent et elle retira ses bras. « C'est fini », dit-elle encore. Il se dégagea de la couverture, se redressa à demi et ouvrit les yeux. « C'est fini », répéta-t-il d'une voix étranglée. Mais son corps était encore secoué de tremblements et son regard trahissait l'effroi. Que faire pour achever de le rassurer ? Betty savait que le temps supposé consacré à nourrir ses lapins était largement dépassé et qu'il lui fallait regagner la villa. Mais l'abandonner dans cet état de grande vulnérabilité était impossible. Elle devait trouver très vite quelque chose qui le distrairait, qui l'amuserait. Un jeu, peut-être. Si au moins elle parvenait à lui arracher un sourire… Elle se releva.

— Regarde, Yvon, regarde, comme ma nouvelle jupe bouge bien ! Ça s'appelle une jupe plissé soleil. C'est joli, non ?

L'espace exigu de la cabane l'obligeait à tournoyer sur place. Les bras en couronne au-dessus de la tête, elle tenta de se mettre sur les pointes, n'y parvint pas, recommença, se prit les pieds dans la boîte de macarons et faillit perdre l'équilibre. Lui, la regardait maintenant avec un étonnement naïf, que Betty perçut et qui l'encouragea à poursuivre. Elle fit une nouvelle tentative, aussi ratée que la première.

— Je suis nulle, Yvon, je ne serai jamais danseuse à l'Opéra !

Elle prit la boîte de macarons, l'ouvrit et la lui tendit. Mais il l'ignora. Il semblait tenir quelque chose dans son poing serré. Betty lui demanda de lui montrer ce qu'il dissimulait. Il hésita un peu, à nouveau effrayé, puis obéit. Betty reconnut le ruban écossais qu'elle lui avait offert le matin même et devina qu'il craignait qu'elle ne le lui reprenne.

— C'est à toi, Yvon.

Elle posa sa main sur son poing et le lui referma.

— À toi.

Elle s'efforçait de lui adresser son plus gentil sourire et fut heureuse de constater qu'il commençait à s'apaiser. Maintenant, elle pouvait le quitter.

— Je dois rentrer. Tu vas te lever et refermer la porte derrière moi. Après tu éteindras la lampe de poche et tu attendras un peu si tu as besoin de sortir. Tu as compris ?

Il lui obéit et tandis qu'elle s'apprêtait à franchir le seuil de la cabane, il murmura : « Élisabeth… » Il semblait vouloir lui confier quelque chose mais les mots ne parvenaient pas à sortir de sa bouche. « Élisabeth… » Betty eut le sentiment que c'était très important, voire essentiel tant étaient fortes la tension et l'angoisse qui se dégageaient de lui. Mais elle n'avait vraiment plus le temps. « Tu me diras demain matin, Yvon. Ferme bien la porte. » Elle attendit qu'il tourne la clef dans la serrure et se mit à courir vers la villa. Il faisait froid et elle était sortie sans son duffle-coat : sa mère ne manquerait pas de lui en faire le reproche. Cela ne comptait guère. « Que cherchait-il à me dire ? » Betty, tout à coup, était très inquiète. Plus inquiète qu'elle ne l'avait jamais été jusque-là.

VENDREDI

Durant le petit déjeuner, les parents de Betty évoquèrent le dîner de la veille et la soirée qui s'ensuivit. On y avait longuement discuté de l'éventuelle guerre mondiale, des fusées que Khrouchtchev tardait à retirer. Chacun s'était efforcé d'être optimiste : Kennedy était jeune, il paraissait brillant mais on s'interrogeait sur sa fermeté. Sortirait-il vainqueur du bras de fer avec Khrouchtchev ? Cela n'intéressait guère Betty et son père changea de sujet.

— Nos amis t'ont trouvée charmante… Un peu silencieuse, un peu lunaire, mais charmante.

Il lui caressa la nuque et se leva, sa première cigarette déjà calée entre les lèvres.

— Ce soir, Agnès est de retour parmi nous. Tu es contente de retrouver ta sœur préférée ? ajouta-t-il avant de quitter la pièce.

Sa femme pressait Betty de terminer sa tasse de chocolat.

— Dépêche-toi, il a encore plu à verse cette nuit, la route doit être glissante et je veux que tu pédales lentement.

Betty, à son tour, quitta la table et tandis qu'elle achevait de boutonner son duffle-coat et s'apprêtait à sortir, sa mère ajouta :

— Quand tu reviendras de l'école, je serai partie chercher ta sœur. Nous serons de retour avant le dîner.

À quelques mètres de la cabane, Betty vit la porte entrouverte. Son cœur se glaça d'effroi. Il lui fallut faire un effort sur elle-même pour continuer d'avancer tant elle redoutait ce qu'elle allait découvrir et qu'instinctivement elle pressentait : cette porte ouverte, c'était déjà l'absence d'Yvon.

Elle entra. Sur la chaise, il y avait la couverture d'Agnès, pliée en quatre, et le chandail gris de son père. Sa bicyclette était à sa place habituelle, appuyée contre le mur, à côté de la couchette en carton qu'il s'était confectionnée ; la clef dans la serrure intérieure. À terre, regroupés en tas : la lampe de poche, la gourde, la bouteille de jus d'orange vide, la boîte de macarons et les deux sacs qui devaient contenir les restes des provisions.

Betty enregistrait ces détails mécaniquement, pétrifiée, devenue stupide. Il y avait eu quelqu'un, lui, Yvon, et il n'y avait plus personne. Elle ne pouvait admettre qu'il soit parti sans la prévenir, sans lui dire au revoir. Elle l'avait secouru, abrité, consolé. Il avait eu besoin d'elle, elle avait gagné sa confiance, l'avait apprivoisé. Il ne s'était pas enfui, la nuit précédente… Pourtant, il n'était plus là. Betty, désespérément, tentait de rassembler ses idées, de comprendre. Son absence avait peut-être une explication très simple qu'elle n'entrevoyait pas. Et s'il jouait avec elle ? S'il s'était caché derrière la cabane et attendait qu'elle le cherche et le trouve ? « Les fous ont une mentalité d'enfant », disaient certains. S'il était de bonne humeur, il pouvait très bien avoir eu envie de jouer. Elle sortit et fit le tour de la cabane. Sans le trouver. Une douleur de plus en plus vive montait en elle. Douleur qu'elle refusait avec obstination parce que la laisser l'envahir aurait été admettre qu'il était parti pour de bon et l'avait abandonnée. Peut-être était-il sorti peu de temps auparavant. L'arrivée inopinée de quelqu'un, un malade jardinier par exemple, l'aurait alors empêché de regagner la cabane. Il y avait passé trois jours enfermé. On pouvait imaginer qu'il ait eu besoin de prendre l'air, de retrouver la nature, les couleurs du ciel. Dans ce cas-là, il se terrait dans un coin et attendait le moment propice pour sortir. Mais alors, pourquoi ne se montrait-il pas ? Elle était seule au fond du jardin, c'était *le moment propice*. « Yvon ! Yvon ! » murmura Betty.

Ce fut son prénom qu'elle entendit en réponse. Sa mère s'avançait dans l'allée, en prenant soin d'éviter les flaques de boue.

— Tu es devenue folle ? Ça fait plus de vingt minutes que tu aurais dû partir pour l'école !

Betty pensa qu'elle devait rester dans les parages de la cabane et guetter le retour d'Yvon.

— Je suis malade, maman, je ne peux pas aller à l'école.

— Comment ça, malade ? Tu as mal où ?

— Au cœur… au ventre… à la tête…

Elle savait qu'elle mentait mal, qu'elle n'était pas crédible. L'expression sévère de sa mère le lui fit comprendre avant que ses paroles ne le confirment. Elle lui mit la main sur le front.

— Tu es fraîche comme une rose et tu vas me faire le plaisir de prendre ta bicyclette et de filer à l'école. Bien entendu, je ne te donne aucun mot d'excuse, tu te débrouilleras avec ton professeur. Et si tu es collée demain, je n'interviendrai pas pour faire sauter ta punition. Allez…

Un malade jardinier avançait dans leur direction. Yvon, dans ces conditions-là, ne pouvait que demeurer caché. Sans rien dire, Betty entra dans la cabane, prit sa bicyclette et la poussa vers l'extérieur. Non sans avoir laissé la porte entrebâillée afin qu'il comprenne qu'il pouvait à nouveau s'y réfugier.

Betty était assise à sa place habituelle, près de la fenêtre, au fond de la classe. Ce vendredi correspondait au retour du professeur d'histoire et de géographie. Quand Betty était entrée, il expliquait à ses élèves qu'il avait préféré reprendre immédiatement ses cours plutôt que d'attendre la semaine prochaine. Il avait accueilli Betty avec une plaisanterie : « Je suis en avance et vous, Betty, une de mes plus sages élèves, en retard. Cela fait un juste équilibre. » Il lui avait demandé si elle avait des explications à lui fournir et devant son incapacité à lui répondre et l'expression désolée de son visage, il lui avait conseillé de rejoindre sa place. Puis il était revenu sur les raisons de son hospitalisation. L'attentat dont il avait été victime n'était pas politique mais « crapuleux ». Ce terme plut beaucoup à ses élèves : il leur évoquait les films policiers qu'elles regardaient, en famille, le dimanche soir, à la télévision. Beaucoup d'entre elles posèrent des questions. Une atmosphère chaleureuse gagna l'ensemble de la classe.

Seule Betty n'écoutait pas. C'est à peine si elle se souvenait combien cette mystérieuse histoire d'attentat l'avait intéressée, quatre jours auparavant. C'était si loin… D'avoir échappé à une punition la laissait totalement indifférente. Elle ne pensait qu'à Yvon. Si elle ne le retrouvait pas dans la cabane à son retour de l'école, peu importaient les heures de colle le lendemain, les jours, les semaines qui allaient suivre. Mais cela, elle ne voulait pas le croire. Yvon ne pouvait qu'être revenu se réfugier dans la cabane. Où serait-il allé ? Elle revit l'image de la couchette en carton.

S'il ne l'avait pas défaite, c'est qu'il avait l'intention de revenir. Betty, peu à peu, retrouvait ses forces.

Vint l'heure du cours de français. On y reprit l'étude du poème d'Alfred de Vigny : *La Mort du loup.*

Betty contemplait de l'autre côté de la fenêtre la cour de récréation vide, l'unique arbre, un marronnier sur lequel un corbeau s'était perché. Un dicton appris on ne sait où lui revint en mémoire : « Un corbeau, malheur. Deux corbeaux, bonheur. Trois corbeaux, mariage. Quatre corbeaux, naissance. » Il n'y avait qu'un seul corbeau sur la branche du marronnier ! Mais un vent léger poussait maintenant les nuages et dégageait des bouts d'un ciel bleu, limpide, qui semblait plein de promesses heureuses. Le retour du beau temps ravivait les espoirs de Betty. Elle voulait y voir un bon présage. « Si le soleil se montre, Yvon sera là », pensait-elle en croisant les doigts comme avait coutume de le faire une de ses sœurs aînées, quand elle souhaitait qu'un de ses désirs se réalise.

— Betty, tu rêves ?

Le professeur de français, une femme d'une trentaine d'années, avait quitté son bureau et arpentait la travée, entre les pupitres. Non seulement Betty ne l'avait pas vue venir mais elle n'avait pas entendu non plus le claquement énervant de ses hauts talons sur le sol. Elle la regarda, effrayée. Où en était-on ? De quoi avait-il été question jusque-là ? Mais le professeur lui souffla, sans s'en douter, la réponse.

— Ta camarade a buté sur la fin de *La Mort du loup*. Peux-tu nous dire les quatre derniers vers ?

Betty se leva et, très droite, sans hésiter, récita :

Gémir, pleurer, prier est également lâche.
Fais énergiquement ta longue et lourde tâche
Dans la voie où le Sort a voulu t'appeler,
Puis, après, comme moi, souffre et meurs sans parler.

Betty termina essoufflée et se rassit. Malgré les félicitations de son professeur, un trouble nouveau l'envahit. Ce poème qu'elle aimait tant lui parut soudain sinistre, chargé de menaces. Peu après, dans la cour de récréation, Betty constata la disparition du corbeau et le retour du soleil dans un ciel désormais complètement bleu. Elle se répétait que c'était bon signe et qu'Yvon était dans la cabane et l'attendait. Sans vraiment y croire.

En poussant sa bicyclette dans l'allée, elle vit avec contrariété un malade jardinier occupé à retourner un carré de terre entre le clapier et la cabane. Il ne fallait surtout pas attirer son attention. Si Yvon était là, elle resterait peu de temps avec lui et reviendrait une heure plus tard, quand le malade jardinier s'en irait retrouver son pavillon, dans l'enceinte de l'hôpital.

— Bonjour, dit-elle en passant devant lui.

— Bonjour, la fille du docteur.

La porte de la cabane n'était plus entrouverte, mais fermée. La main sur la poignée, Betty eut cette prière : « Mon Dieu, faites qu'il soit là… Mon Dieu. »

Il n'était pas là. Betty laissa tomber sa bicyclette, son cartable. Autour d'elle, rien n'avait bougé. Alors s'imposa l'insupportable vérité : il n'était pas revenu, il était parti pour toujours, il l'avait abandonnée. Elle respirait avec peine, un poids énorme lui écrasait la poitrine. Dans la cabane, c'était comme si l'air s'était raréfié. Un cri montait en elle, qui voulait dire non, mais qui demeurait muet. La souffrance physique devenait si forte qu'elle se laissa tomber sur la chaise. Elle prit dans ses bras la couverture et le chandail qui s'y trouvaient et les serra contre sa poitrine. Des larmes s'accumulaient à l'intérieur d'elle-même et augmentaient cette impression d'étouffement. Si au moins elle pouvait pleurer, crier, mais non, rien ne sortait de son corps verrouillé, hormis quelques minuscules gémissements de bête blessée.

— La fille du docteur ? Tu es malade ?

Le malade jardinier se tenait sur le seuil de la cabane. Il avait conservé sa bêche et la contemplait avec curiosité. Ce fut comme un début de retour à la vie. Un retour à la vie mécanique, purement physique. Car pour le reste, Betty n'éprouvait plus rien, ne pensait plus à rien. Elle se leva, la couverture et le chandail toujours serrés contre sa poitrine, et sortit de la cabane. Dehors, elle marqua un arrêt comme éblouie par la lumière. L'air frais et vif de cet après-midi d'octobre pénétrait dans ses poumons et sa respiration, peu à peu, redevenait normale. Son regard éteint se fixa tour à tour sur le malade jardinier, la terre qu'il avait remuée, le clapier, les lapins, les arbres, la villa et revint à la cabane. Et soudain, elle hurla. Contre le mur, à quelques centimètres de ses pieds, gisait le cadavre d'une mésange bleue dont on avait soigneusement découpé les deux ailes.

Elle hurla encore tandis que des flots de larmes jaillissaient de ses yeux. Son immense souffrance jusque-là contenue pouvait enfin exploser. Elle se tourna du côté de la clôture qui séparait son jardin de la route départementale, en direction de la maison des deux frères, et d'une voix suraiguë, cria : « Je vous hais ! Je vous déteste ! » Puis elle se baissa, ramassa le cadavre de la mésange mutilée et, aveuglée par ses larmes mais avec toutes ses forces retrouvées, le jeta droit devant elle. « Je n'ai plus peur de vous ! Vous ne pouvez plus rien contre moi ! Plus rien ! Fini ! Mais je vous déteste, je vous déteste ! » Sa voix, poussée à l'extrême, s'étrangla. Elle se laissa tomber à genoux dans l'allée et en dissimulant son visage derrière ses mains, répéta plusieurs fois : « Oh, je vous déteste, comme je vous déteste… »

Cela dura de longues minutes, puis les sanglots s'espacèrent. Betty écarta les mains de son visage et malgré les larmes qui continuaient de couler, elle prit conscience de la présence du malade jardinier à ses côtés. Il se tenait debout, appuyé sur la bêche, et ne semblait pas du tout affecté par le spectacle auquel il venait d'assister.

— Bah, murmura Betty en haussant les épaules.

Une grande fatigue, maintenant, l'accablait, la retenait agenouillée dans l'allée. L'idée qu'elle devait se lever et regagner la villa sans éveiller l'attention de Rose la traversa vaguement. D'ailleurs, tout lui semblait irréel : le soleil qui avait disparu, la lumière d'automne qui baissait insensiblement, le jardin, la cabane désormais inhabitée. Seuls le chandail de son père et la couverture d'Agnès, tombés près d'elle dans l'allée, conservaient quelque chose de concret. Elle attrapa machinalement le chandail, le pressa contre son visage et reconnut l'eau de Cologne à la lavande de son père. Mais il y avait une autre odeur, très différente, dont elle n'aurait su dire si elle lui était agréable, mais qui la fit frémir : celle d'Yvon. Elle ne put retenir un gémissement de douleur. Comment avait-il pu l'abandonner ?

Le malade jardinier errait le long de la clôture, comme à la recherche d'un objet perdu. De fait, il se baissa, ramassa quelque chose et revint vers Betty. L'air grave, il lui montra ce qu'il tenait dans sa main : le cadavre de la mésange bleue.

— Viens, on va l'enterrer, dit-il.

Il ne lui laissa pas le temps de réagir et lui tendit son autre main pour l'aider à se relever. Betty lâcha le chandail et le suivit jusqu'au carré de terre qu'il était en train de remuer quand elle était rentrée de l'école. Il déposa délicatement la mésange sur l'herbe et avec sa bêche creusa un trou de quelques centimètres. Puis il reprit la mésange dans sa main et la montra à Betty.

— Regarde comme elle est jolie… même sans ses ailes. Si on l'avait laissée, elle aurait été mangée par les chats…

Betty l'approuva. Elle suivait ses gestes, écoutait ses rares paroles, présente, absente, elle ne savait plus et cela n'avait pas d'importance. Quand il déposa la mésange bleue dans le trou et la recouvrit de terre, elle se remit doucement à pleurer.

— La femme du docteur veut que je plante des fleurs là… Ça fera une jolie tombe pour l'oiseau.

Il se tourna vers Betty et sur le même ton tranquille :

— C'est pas triste, la mort.

— C'est pas triste, répéta Betty en essuyant ses larmes.

Mais elle avait le sentiment confus qu'un peu de ce qu'elle avait été jusque-là venait de mourir. « Bah… », pensa-t-elle selon son habitude. Elle ramassa le chandail et la couverture, fit un signe d'adieu au malade jardinier et se dirigea vers la villa. Sans un seul regard en direction de la cabane.

— C'est vrai, tu veux qu'on t'appelle Élisabeth ? Pas à cause de la reine d'Angleterre, j'espère !

Betty ouvrit les yeux avec difficulté. Les lampes de chevet que quelqu'un avait allumées l'éblouissaient. Elle se souvint alors de s'être allongée sur son lit : sans même s'en apercevoir, elle avait dû s'endormir.

— À cause d'Elizabeth Taylor ? Ce serait déjà mieux !

Betty avait du mal à rassembler ses idées. De quoi lui parlait-on ? Sa sœur Agnès se tenait penchée sur elle, hilare.

166

— En plus, tu as une tête pas possible… ces yeux gonflés, on dirait un hibou !

Betty se redressa, ce qui força Agnès à reculer. La mémoire lui revenait, maintenant. Elle se rappela avoir refait le lit de sa sœur, jeté le chandail de son père dans le panier réservé au linge sale. Des gestes mécaniques et précis, destinés à effacer les traces du passage d'Yvon. Des gestes qui lui avaient fait penser, tandis qu'elle les exécutait, que ce n'était pas elle qui agissait mais une autre. Elle se leva et laissa sa sœur l'embrasser.

— Je vais me passer de l'eau sur le visage, dit-elle.

— Tu devrais aussi changer de jupe, ton kilt a des taches de boue. Tu es tombée de bicyclette ?

— Oui.

Betty ouvrit l'armoire dans laquelle les deux sœurs rangeaient leurs vêtements. La vue de la jupe grise plissé soleil lui serra le cœur et elle ne put retenir un gémissement qu'Agnès n'entendit pas tant elle était concentrée sur ce qu'elle racontait.

— J'ai eu une semaine assommante. Heureusement qu'on arrive aux vacances de la

Toussaint… Sylvie, ma nouvelle meilleure amie, m'a invitée dans sa maison de campagne, près de Deauville. Pourvu que les parents acceptent ! Tu te rends compte, son père est producteur de cinéma ! Et toi, ta semaine ?

— Rien de spécial.

Le bavardage d'Agnès aidait Betty à se ressaisir. Elle avait changé de jupe et se dirigeait vers la salle de bains. Grâce aux portes demeurées ouvertes, elle continuait de l'entendre.

— Sylvie m'a promis que son père nous amènerait sur le tournage d'un de ses films. Rencontrer pour de vrai des acteurs et des actrices ! C'est pour ça que j'ai peur que les parents disent non. Ils vont craindre que ça « me tourne la tête » ou autres conneries du même genre. Tu m'aideras à les convaincre ?

Betty, après s'être passé un gant de toilette imprégné d'eau froide sur le visage, contemplait son reflet dans le miroir, au-dessus du lavabo. La lumière crue du plafonnier soulignait ses traits tirés et ses paupières encore un peu gonflées. Mais ce qui la surprit, ce fut son regard qu'on aurait dit éteint. Un regard qui lui en rappelait un autre. En refaisant sa queue-de-cheval, elle se souvint brusquement du ruban écossais. Qu'en avait-il fait ? L'avait-il conservé ? Peut-être se trouvait-il dans un des deux sacs restés dans la cabane.

Sa sœur l'avait rejointe dans la salle de bains.

— C'est archisûr qu'ils vont refuser que j'aille à Deauville. Il faudra que je tienne bon. Tu vas voir, ils vont se servir de toi ! Me culpabiliser en disant que tu es tout le temps seule, que je suis ta sœur préférée, que tu as besoin de moi et patia-patia ! Ils vont m'obliger à rester à la maison à cause de toi !

« Elle aussi m'abandonne », pensa d'abord Betty. Puis : « Ce n'est pas la première fois. »

— Je n'ai pas besoin de toi.

Sa réponse prononcée d'une voix étale désarçonna un bref instant Agnès. Mais elle se reprit et embrassa fougueusement sa sœur.

— Merci, merci, je savais que je pouvais compter sur toi ! Ah, je t'adore !

— Bah, murmura Betty en la repoussant doucement.

Le feu crépitait dans la cheminée du salon. Betty regardait sans les voir vraiment sa mère et sa sœur qui feuilletaient ensemble une revue de mode à la recherche de vêtements pour les sports d'hiver. En se concentrant, elle aurait pu anticiper leurs remarques, deviner les désirs d'Agnès. Mais cela ne la concernait guère, c'était comme si une partie d'elle seulement était présente.

La porte du vestibule s'ouvrit et se referma. Son père entra dans le salon et après les avoir embrassées toutes les trois, alla se préparer un whisky.

— Rude journée, cela me fera du bien. On passera à table tout de suite après, dit-il à la cantonade.

Il revint dans le salon et, à l'intention de sa femme :

— Je crois que la police a finalement mis la main sur mon fuyard... Il errait à quelques kilomètres d'ici, sur la route nationale... Son signalement correspond parfaitement... Un de mes infirmiers vient de partir pour l'identifier... J'attends son coup de téléphone.

Puis, pour ses filles :

— Comme tout semble rentrer dans l'ordre, ce week-end, je vous amène au cinéma. *Le Jour le plus long*, ça vous dit ?

— Les films de guerre, c'est la barbe, protesta Agnès. Il n'y a même pas d'actrices !

Elle cita d'autres films dont son père n'avait jamais entendu parler et dont elle entreprit de faire l'éloge. Betty leur tournait le dos et feignait d'être absorbée dans la contemplation des flammes. Elle était revenue brutalement à la réalité et se sentait assaillie de sentiments contradictoires et confus dont le plus précis était la colère : l'avoir abandonnée pour se faire reprendre quelques heures après…

Durant le dîner, Betty guettait la sonnerie du téléphone, si tendue que le moindre petit bruit la faisait sursauter. Elle s'efforçait d'avaler ici et là quelques bouchées de nourriture pour ne pas attirer l'attention. Elle n'en pouvait plus de cette attente. Son père aussi manifestait quelques signes d'impatience, regardait fréquemment sa montre. Betty en venait à penser que la police, une fois de plus, s'était trompée et que l'homme interpellé n'était pas Yvon. Le souhaitait-elle ? À cet instant précis, elle était incapable de le dire.

Ils passèrent tous les quatre au salon.

— *Le Songe d'une nuit d'été,* ça vous va ?

Comme d'habitude, leur mère n'obtint pas de réponse. Sans s'offusquer, elle prit le disque de Mendelssohn, alluma l'électrophone et s'installa dans son fauteuil, les yeux fermés pour mieux écouter l'ouverture. Betty avait repris sa place, par terre, devant la cheminée.

Enfin, le téléphone sonna. Son père se leva aussitôt et décrocha tandis que sa mère réduisait le niveau sonore de l'électrophone.

— ... Vous l'avez vu ? C'est bien lui ?

— ...

— Dans quel état est-il ?

— ...

— Ça pourrait être pire après trois jours sans traitement... On a une idée d'où il se trouvait ?

— ...

— Évidemment. Et c'est pas lui qui nous le dira, mutique comme il est...

— ...

— C'est ça, vous le ramenez à l'hôpital. Faites-vous accompagner par un gendarme, on ne sait jamais... Installez-le dans son pavillon, donnez-lui à manger s'il le désire et couchez-le.

— ...

— Sa dose habituelle, légèrement augmentée. Prévenez la psychologue. Faites en sorte qu'elle le voie ce soir. Organisez-vous comme vous le pouvez, mais il faut qu'il soit veillé toute la nuit.

— …

— Exactement, un traitement spécial de surveillance… Soutien et écoute permanente à instituer immédiatement et qui seront à maintenir pendant plusieurs jours. J'irai le voir demain matin pour l'examiner et tenter de comprendre ce qui s'est passé. Prévoyez aussi une réunion des médecins et du personnel concerné, nous devons faire le point sur cette histoire. À demain.

Il raccrocha et se retourna vers les siens, souriant, détendu.

— Tout va bien.

— À t'entendre, on avait compris, répondit sa femme, elle aussi souriante.

Betty, comme auparavant dans la cabane, croyait à nouveau manquer d'air. Chaque phrase prononcée par son père avait accentué cette souffrance inconnue qui lui serrait le ventre, le cœur. En même temps, elle comprenait que son fou serait pris en charge, qu'on s'occuperait particulièrement de lui et cela l'apaisait un peu. Elle réalisa ensuite que pas une seule fois elle n'avait songé que son fou, comme tous les malades de l'hôpital, suivait un traitement et que, privé de ce traitement… « Bah, qu'est-ce que ça y fait ? »

— J'ai rien compris à ta conversation au téléphone, intervint Agnès. C'est quoi, ce truc de gendarme ?

En quelques phrases brèves et précises, son père entreprit de lui raconter ce qui s'était passé durant son absence. Agnès marqua un intérêt poli mais ne fit aucun commentaire : décidément, la vie quotidienne de l'hôpital psychiatrique ne la concernait plus. Son père, tout en lui parlant, n'avait cessé de surveiller Betty dont il n'apercevait que le dos raide et tendu. Quelque chose dans son attitude dut l'intriguer car il la rejoignit près de la cheminée.

— Tu ne me poses aucune question ?

— À quel sujet ?

Il observa le ton indifférent de sa fille, son visage impassible.

— Au sujet de mon fuyard…

Et comme elle ne réagissait pas :

— Yvon… Avant-hier, quand nous étions seuls tous les deux, tu étais intéressée par son évasion… sa personnalité. Tu voulais tout savoir à son sujet…

— Il ne m'intéresse plus.

Le ton était devenu sec.

— Plus du tout ?

— Plus du tout.

Son père ne dissimula pas son étonnement. Il fit quelques remarques la concernant mais Betty n'écouta pas. Elle était tout entière concentrée sur la décision qu'elle venait de prendre et qu'elle ne cessait de se répéter comme pour mieux s'en persuader : « Il ne m'intéresse plus… Il ne m'intéresse plus… » Elle serrait les poings, les genoux, les lèvres. Elle se sentait devenir de pierre et pensait que c'était bien comme ça.

— Et une partie de mikado, ça t'intéresse encore ?

— Si tu veux.

Ils s'installèrent de part et d'autre de la table de bridge.

— Tu commences ?

— Si tu veux.

Betty prit les bâtonnets dans sa main, les plaça verticalement sur le tapis de feutre et les laissa retomber. Puis elle récupéra les bâtonnets isolés et tout de suite après en fit bouger un. « Nul », commenta son père. Avec adresse, il en subtilisa plusieurs. « Il ne m'intéresse plus… Il ne m'intéresse plus… », se répétait Betty. Elle jouait mal, perdait très vite son tour et laissait son père prendre les bâtonnets, marquer des points : d'ici peu, il allait gagner. « Il ne m'intéresse plus. » L'être de pierre qu'elle croyait être devenue commençait à se fissurer. « Il ne m'intéresse plus. » Deux larmes coulèrent sur ses joues.

— Mais enfin, tu fais n'importe quoi, Betty ! Betty ? Qu'est-ce que tu as ?

Elle ne devait pas pleurer, pas lui parler de ce qui se déchirait en elle, ni à lui ni aux autres, à personne, jamais. Alors elle s'efforça de le regarder bien en face et parce qu'elle croyait avoir trouvé la seule façon de ne plus souffrir, elle lui dit d'une voix étranglée mais qui ne tremblait pas :

— Je m'appelle Élisabeth.

« Oui, c'est bien moi, j'ai été cette petite Betty. »

Élisabeth quitta le divan sur lequel elle s'était allongée pour mieux laisser surgir tous les souvenirs qu'avait réveillés la lettre. Ils dormaient depuis longtemps, comme oubliés pour toujours, mais ils étaient là. Quarante ans la séparaient de Betty. Quarante ans de silence. Après sa brève rencontre avec celui qu'elle appelait alors « son fou », elle n'avait jamais tenté de le revoir, de savoir ce qu'il était devenu. Sa décision d'alors : « Il ne m'intéresse plus » avait trop bien fonctionné. Aujourd'hui cela la choquait presque. Mais pouvait-elle faire autrement, à l'époque ? La lettre avait mis au jour une telle souffrance… « Une souffrance diffuse qui m'a accompagnée tout au long de ma vie, sans que je le sache, que je puisse la nommer », songeait Élisabeth. Mais une autre pensée, tout aussi forte, l'assaillit : son père. À lui, comme aux autres membres de sa famille, elle n'avait rien dit. Ni plus tard à ses amis, son mari, son fils. Mais son père… Elle l'avait tellement aimé et lui aussi l'avait aimée. Jusqu'à sa mort, dix ans auparavant, elle était demeurée « son numéro cinq », sa préférée. Le lien qu'ils avaient tissé, très tôt, ne s'était jamais relâché. Même à lui, elle n'avait rien dit. Elle se souvint d'avoir été tentée, à quelques reprises, de lui raconter la vérité, de lui avouer qu'elle avait caché le malade évadé pendant trois jours et trois nuits, à côté de la villa, dans la cabane au bout du jardin. Mais elle ne l'avait pas fait. C'était resté un secret, le sien. Un secret qui s'était fait oublier jusqu'à la lettre de Bernadette Marles, la sœur d'Yvon. « Yvon », dit-elle à voix haute sans vraiment savoir si c'était Betty ou Élisabeth qui venait de prononcer ce prénom, oublié et enfin retrouvé.

Élisabeth tournait en rond dans le salon de son appartement parisien. Elle avait besoin d'être confrontée à elle-même. Le miroir au-dessus de la cheminée lui renvoya l'image

178

d'une belle femme de cinquante-deux ans qui ressemblait encore beaucoup à la petite Betty : même grand front dégagé, même expression placide. Seuls les cheveux bruns, toujours très épais et coupés à la hauteur des épaules, commençaient à grisonner. Élisabeth, devant son reflet, s'interrogeait. D'où lui était venue, jadis, l'audace de cacher un fou évadé ? De le dissimuler à son père ? Une heure auparavant, elle était une petite fille comme toutes les autres. Après, aussi. Du moins en apparence et elle y avait cru. Quant à la femme qu'elle était aujourd'hui, rien ne la distinguait de beaucoup d'autres femmes. Elle avait suivi le même chemin que ses sœurs : la pension, puis des études à la Sorbonne. Elle s'était mariée avec un physicien, ils avaient eu un enfant. Le couple était séparé depuis quatre ans : un divorce à l'amiable, leur fils, semble-t-il, n'en avait pas souffert. Depuis peu, il vivait aux États-Unis et s'entretenait souvent au téléphone avec sa mère. Elle, elle était devenue historienne et enseignait à l'École des hautes études en sciences sociales. Sa spécialité ? L'histoire religieuse, les rapports des cultes avec l'État. Une vie si normale… Sa sœur Agnès parlait d'elle comme d'un modèle de

stabilité. Parfois, elle allait jusqu'à lui reprocher une certaine absence de fantaisie. Élisabeth sentait que ce n'était pas complètement
vrai, qu'il y avait en elle quelque chose que les
autres ne voyaient pas et qu'elle-même se gardait bien d'analyser. « Betty ? » demanda-t-elle
à son reflet dans le miroir. Son trouble peu à
peu s'estompait et elle retourna s'asseoir. Elle
se sentait calme, étrangement apaisée.

La nuit d'hiver obscurcissait le salon sans
qu'elle songeât à allumer les lampes. « Je vais
écrire à Bernadette Marles, lui répondre. »
Mais peu à peu, comme si ça allait de soi, une
seconde pensée s'infiltra, qui la surprit, mais
qu'elle ne rejeta pas. « Je crois que j'ai envie
de raconter mon histoire, Yvon. » Élisabeth ne
savait pas encore à qui, quand. Elle savait juste
qu'elle le ferait.

Remerciements à Béatrice Bastide et à Claire Jacquelin

DU MÊME AUTEUR

COLLECTION FOLIO

Composition Imprimerie Floch
Impression Novoprint
à Barcelone, le 13 septembre 2005
Dépôt légal : septembre 2005

ISBN 2-07-031858-3 / Imprimé en Espagne.